CASCABELES
UNA ROMÁNTICA NOVELA NAVIDEÑA DE CIENCIA FICCIÓN SOBRE GUERREROS ALIENÍGENAS

NOVIAS TRIBUTO PARA LOS GUERREROS DREXIANOS
LIBRO SIETE

TANA STONE

BROADMOOR BOOKS

CAPÍTULO
UNO

Reina avanzaba por el pasillo, sus zapatos resonaban en el reluciente suelo mientras daba largos pasos. Tocó con una mano delicada el ondeante mechón de cabello azul que se extendía sobre su cabeza y suspiró.

Las mujeres humanas volvían a hacerlo otra vez.

Como enlace de las Novias Tributo, estaba acostumbrada a manejar las solicitudes de las mujeres humanas que los drexianos traían a la estación espacial. No era inusual para ella lidiar con emociones que iban desde la histeria hasta la incredulidad y la ira cuando las terrícolas se enteraban de que habían sido secuestradas de su planeta para ser novias de una raza guerrera de extraterrestres. Aunque la mayoría de las mujeres finalmente quedaban contentas con el arreglo, especialmente después de ver a los guapos drexianos, Reina no era ajena al drama.

Como vexling, una especie conocida por su atención al detalle y su deseo de complacer, su instinto era resolver cada problema y mantener a todos contentos. Y ella realmente quería que sus Novias Tributo fueran felices, aunque a veces deseaba que no la involucraran en todos los planes que se les ocurrían.

Había estado involucrada en despedidas de soltera de último momento, en bodas sorpresa e incluso en una fiesta de revelación de género en la que una de las tributo había insistido en tener. La necesidad de las humanas de saber el sexo de sus hijos para luego poder vestirlos con ciertos colores la desconcertaba, pero había accedido a participar en eso.

Y ahora esto.

Llegó hasta el inclinador y deslizó su mano sobre un panel a un lado, esperando un momento antes de que las puertas del compartimiento se abrieran suavemente, y entró entre un gatazoide que tecleaba en una tableta y un neebix que sostenía su cola cortésmente frente a él.

El inclinador estaba abarrotado hoy, sin duda todos estaban ocupados mientras la estación espacial regresaba a sus operaciones normales. Habían pasado muchas semanas desde que la estación, conocida por la mayoría como "La Nave", había aceptado nuevas Novias Tributo, o incluso había permitido la llegada de transportes de drexianos. Los ataques de sus enemigos, los kronock, junto con el sabotaje a la estación y el descubrimiento de traidores dentro del liderazgo drexiano, los habían mantenido en alerta máxima. Como todos, se alegraba de que las cosas volvieran a la normalidad, aunque la última solicitud de las Novias Tributo no era normal.

«¿Reina?».

Se giró y vio a otro vexling en la parte trasera del compartimento, su cabello casi transparente se alzaba muy por encima de las otras cabezas. Su pulso se aceleró y esperaba que sus mejillas grises no delataran su sorpresa y placer al ver a Vivan.

«Saludos del día para ti», dijo ella, extendiendo el saludo formal vexling, ya que estaban en compañía de muchos otros.

«Gracias», respondió él, mientras se abría paso para pararse junto a ella en la parte delantera del compartimento que se elevaba. «Para ti también».

Reina lanzó una rápida mirada al compañero vexling. Como todos los de su especie, era alto y muy delgado, aunque Reina siempre había pensado que Vivan tenía una mandíbula más cuadrada que la mayoría de los machos vexling. Sabía que él trabajaba en el departamento de aprovisionamiento de la estación, determinando qué artículos se necesitaban de la Tierra durante los transportes a la superficie para conseguir Novias Tributo. Vivan había sido a menudo quien la ayudaba cuando sus novias necesitaban algo específico y no querían una versión holográfica.

La Nave dependía de una sofisticada tecnología holográfica para crear gran parte de los escenarios de fantasía para las humanas, pero algunas cosas no podían fabricarse mediante difracción de luz. Por eso, la estación espacial tenía un departamento entero dedicado a conseguir artículos específicos de la Tierra para que las mujeres humanas se sintieran como en casa. Dado que eran la clave para la supervivencia de los drexianos, su felicidad era primordial.

«Debes estar ocupado», dijo Reina.

Vivan asintió. «Han pasado muchos ciclos desde que un transporte regresó de la Tierra. Estamos ansiosos por su llegada». Él centró su mirada en ella. «También debes estar contenta de recibir nuevas Novias Tributo».

«Por supuesto», dijo Reina, aunque sinceramente, se sentía aliviada de que las novias no llegaran ese día.

A pesar de amar su trabajo, había apreciado el ritmo más lento de las cosas cuando se detuvieron los transportes de las Novias Tributo. Su compañero de trabajo, Serge, se estaba impacientando cada vez más al no tener una boda que planificar. Sin embargo, ella había disfrutado conociendo a algunas de sus novias recientes, en lugar de tener que pasar inmediatamente a la siguiente llegada.

Los grandes ojos de Vivan la estudiaron. «Pareces preocupada, Reina».

«No preocupada». Ella sacudió su cabeza. «Perpleja. Quizás podrías ayudarme».

Él tomó su mano. «Sabes que siempre te ayudaré».

Reina sabía que sus mejillas estaban sonrojadas cuando la puerta del inclinador se abrió, y agradeció cuando todos a su alrededor salieron. Ella y Vivan no bajaron y las puertas se cerraron de nuevo, aunque el compartimento no se movió.

«¿Reina?». Su voz era tranquila, pero la hizo girar la cabeza para mirarlo a los ojos.

Todos los ojos de los vexling eran dorados, pero los de él le parecían más luminosos. Tragó saliva y trató de concentrar su mente. ¿Qué necesitaba preguntarle? Le había parecido importante, pero ahora no podía recordarlo. *Piensa, Reina.* Cerró sus propios ojos para evitar la distracción de Vivan.

«Navidad», dijo ella, abriendo los ojos de golpe.

«¿Navidad?», repitió él, inclinando la cabeza hacia ella.

«Una festividad humana», prosiguió. «Antes habíamos tenido Novias Tributo que habían querido celebrarla, pero normalmente lo hacían en sus suites. Ahora, un grupo de mis novias quiere organizar una fiesta de Navidad en toda la estación».

«Eso suena intrigante». Él no le soltó la mano. «¿En qué consiste una fiesta de Navidad?».

«Por lo que puedo deducir, hay mucha comida, muchas bebidas, canciones llamadas villancicos y regalos que son entregados por un hombre humano gordo vestido de rojo».

La frente alta de Vivan se arrugó. «No tenemos humanos varones gordos, ni creo que sería práctico conseguir alguno».

«Por lo que tengo entendido, los humanos a menudo se visten como este hombre gordo y usan relleno para parecer más grandes de lo que son».

Vivan parpadeó un par de veces. «Fascinante. A pesar de haber estado consiguiendo cosas de la Tierra por tanto tiempo, sigo sorprendiéndome de lo que disfrutan los humanos. Algún día tendré que contarte sobre el *'Slinky'*». [Nota de la T.: *El "Slinky" es un juguete que consiste en un muelle tipo resorte. Así también se llamó un personaje canino en la película de 'Toy Story'*]

«Eso me gustaría», dijo Reina, saltando ligeramente cuando las puertas del inclinador se abrieron y entraron un par de guerreros drexianos.

Vivan dejó caer su mano y se movieron hacia la parte trasera del compartimiento mientras los drexianos activaban el inclinador y este giraba antes de acelerar.

«¿Cómo puedo ayudar con esta fiesta de Navidad?», preguntó Vivan en voz baja, mientras los drexianos hablaban de los kronock.

«¿Supongo que no tenemos árboles altos y puntiagudos en la estación?», preguntó Reina, mirando hacia adelante.

«¿Tienen los árboles algo que ver con el humano gordo vestido de rojo?».

Reina intentó recordar lo que Mandy y Bridget habían dicho sobre los árboles. Árboles de Navidad, los llamaban. Ambas habían estado hablando tan rápido que había sido difícil encontrarle sentido a todo. «Creo que cubren los árboles con pelotas y el hombre gordo pone los regalos en la parte de la base».

«Esto es realmente muy extraño», murmuró Vivan. «Ya veo por qué estás preocupada».

«Las Novias Tributo quieren celebrar esta fiesta de Navidad en el paseo marítimo dentro de una semana. Odiaría decirles que no, especialmente porque algunas de ellas han pasado por muchas cosas».

«Me enteré de la rechazada que fue rescatada del híbrido kronock. Me alegro de que esté bien». Vivan la miró. «Después de todas las cosas que han pasado en la estación, tal vez una fiesta sería buena para todos».

El inclinador se detuvo y los dos drexianos bajaron. Vivan también lo hizo. «Debo ponerme a trabajar antes de que envíen a alguien a *buscarme*».

Reina se rió. «Por supuesto».

«Veré qué puedo hacer con estas cosas navideñas», dijo, haciéndole una pequeña reverencia con la cabeza antes de comenzar a alejarse.

Reina pasó una mano entre las puertas del inclinador antes de que se cerraran. «¿Vendrías?».

Vivan se dio la vuelta. «¿Vendría?».

«A la fiesta», Reina preguntó antes de que pudiera pensarlo mejor.

Una pequeña sonrisa curvó sus labios grises. «Si vas a estar allí, no me lo perderé».

Reina dejó que las puertas se cerraran y se apoyó contra las paredes del compartimento, con las manos revoloteando en su garganta. Ahora tenía algo más de qué preocuparse además de la fiesta de Navidad.

CAPÍTULO
DOS

Dorn se aferró a la escalera que colgaba en el océano holográfico fuera de su suite de fantasía. El agua era de un azul tan claro que podía ver hasta el fondo de arena blanca, y su ritmo cardíaco aumentó al recordar haberse hundido en las profundidades del simulado mar del Pacífico Sur. «Me parece que deberías trabajar en esta fiesta que tú y Bridget idearon, en lugar de torturar a tu Pareja».

«Esto no es tortura. Es nadar».

Dorn gruñó, claramente en desacuerdo con su evaluación. «Explícame otra vez por qué tengo que hacer esto».

«Porque prometiste que me dejarías enseñarte a nadar», dijo su esposa a unos metros de distancia, donde flotaba en el agua con un bikini dorado brillante. «Y porque ya estuviste una vez a punto de ahogarte».

Él le lanzó una mirada. «¿Y por qué fue eso?».

Ella lo salpicó. «Merecías que te empujara. Estabas siendo un cabrón».

Emitió un gruñido bajo, lamiendo las gotas de agua salada de sus labios. «Y tú estabas siendo terca e imposible».

«Y mira lo lejos que hemos llegado». Ella le dedicó una sonrisa maliciosa mientras extendía los brazos y flotaba sobre su espalda, con la ligera hinchazón de su vientre embarazado asomando por encima del agua. «¿Quién hubiera imaginado que pasaríamos de casi matarnos el uno al otro a ser increíblemente felices y esperar nuestro primer bebé?».

Dorn sintió una oleada de emoción mientras observaba a su Pareja y al niño que llevaba en su vientre. Después de años de comandar la Fuerza Infernal en el exterior, nunca había imaginado que tendría algo parecido a la felicidad que había encontrado con su humana. Antes de que le asignaran una Novia Tributo, se sentía feliz liderando a su rudo grupo de guerreros y contento encontrando fragmentos de placer en la victoria. Ahora todo era diferente. Él era diferente. Se aclaró la garganta. «Yo no».

«Dorn», dijo Mandy, su voz se volvió severa mientras nadaba más cerca. «Has practicado en la piscina de inmersión. Ya conoces las brazadas. Puedes hacerlo. Además, necesito reunirme con Bridget pronto para trabajar en la fiesta, así que avancemos, grandulón».

Él le frunció el ceño y luego miró con nostalgia las suaves toallas extendidas sobre el par de tumbonas en la cubierta de madera de teca, deseando estar allí, en lugar de en el agua. «Los drexianos no tienen...», hizo una pausa, buscando la palabra desconocida, «Navidad».

«No hasta ahora, querrás decir», corrigió Mandy. «Te prometo que te encantará. Regalos, canciones, galletas. Es lo mejor. Y si hay algún lugar que necesita un poco de espíritu navideño, esa es La Nave».

Quizás tenga razón en eso, pensó Dorn. La moral en la estación había estado baja desde el ataque de los kronock y el descubrimiento de un topo dentro del liderazgo drexiano. Una fiesta podría ayudar, incluso si fuera una extraña festividad humana. Suspiró mientras miraba el agua a su alrededor. «Promete no excederte con esta fiesta».

«¿Excederme?», ella le dedicó una expresión de fingido horror. «¿Cuándo has visto que me exceda?».

Él arqueó una ceja y ella se rió.

«Bien, lo mantendré bajo control. Puede que no tenga elección. No es que este lugar esté repleto de decoración navideña. Probablemente tendremos que pedirle a Ella que haga todo holográficamente».

«¿Cómo se está adaptando la novia rechazada a dejar de serlo?», preguntó Dorn, mirando el agua cristalina con recelo. Sabía que su amigo Dakar estaba encantado de vivir con la humana que una vez había rechazado ser una Novia Tributo, pero no había visto mucho a la humana desde que regresaron de su misión de rescate para salvar a otra novia rechazada de un ciborg drexiano rebelde.

«Ella es genial. Incluso puede que la convenza de celebrar una boda en Navidad». Mandy sumergió su cabello en el agua. «Pero basta de rodeos. Es hora de que me muestres lo que tienes, grandulón».

«Acércate y te mostraré lo que *tengo*, Pareja».

Agitando un dedo hacia él, ella se mantuvo fuera de su alcance. «Buen intento. ¿Quieres conseguir algo antes de que tenga que encontrarme con Bridget? Será mejor que empieces a nadar».

Mandy sería una comandante eficaz, pensó, con una mezcla de molestia y admiración. Ciertamente tenía más confianza que cuando llegó por primera vez a la estación. En aquel entonces, se sentía insegura y asustada, y había tratado de ocultarlo siendo exigente y difícil. Era casi complicado recordar lo diferente que había sido antes de finalmente abrirse a él, hacerse amiga de las otras Novias Tributo y encontrar su lugar en La Nave.

Él la miró. «Si vuelvo a hundirme hasta el fondo, no podrás rescatarme en tu condición».

«En primer lugar», dijo ella, «estoy embarazada, no enferma. Y si estás realmente preocupado, supongo que tendrás que asegurarte de no hundirte».

«Sigues siendo imposible», dijo, con las comisuras de la boca arqueándose, a pesar de sus mejores intenciones.

«Ya me lo has dicho». Dio una palmada y lanzó un pequeño chorro de agua al aire. «Más natación. Menos hablar».

Dorn sabía que la única manera de hacerla callar era nadar. Respiró hondo y se impulsó desde la escalera, metiendo los brazos en el agua mientras su cuerpo se hundía bajo la superficie. Pateando con fuerza sus piernas, fue impulsado hacia Mandy en cuestión de segundos.

«¡Lo hiciste!».

Parecía tan feliz que Dorn no pudo evitar sentirse orgulloso de sí mismo. Redujo la velocidad y comenzó a mover los pies debajo de él como ella, y pronto estuvo flotando erguido en el agua.

«Sabía que podrías hacerlo». Mandy lo abrazó y, por un momento, su cuerpo se hundió bajo la superficie. Pateó más fuerte y resurgió, rodeando a su Pareja con un brazo y manteniendo ambas cabezas fuera del agua.

Ella se rió y se secó la cara, quitándose las gotas de encima. «Lo siento. Me emocioné demasiado».

«Me gusta cuando te emocionas».

Su expresión pasó de emocionada a cautelosa y divertida. «Oh, no». Ella agitó los pies mientras intentaba alejarse de él. «Sé lo que significa esa mirada».

Dorn movió una mano para tocar la firme curva de su vientre. «No te preocupes. No puedo dejarte más embarazada de lo que ya estás. No soy krenginiano».

«Es bueno saberlo». Ella sacudió su cabeza. «Pero todavía tengo que encontrarme con Bridget en media hora».

Él los llevó nadando hasta la escalera, giró hasta sentarse en un peldaño sumergido en el agua y tiró de ella para que se sentara a horcajadas sobre él. «Soy un guerrero drexiano. Me destaco en eficiencia».

Ella le dio un manotazo, contoneándose, a pesar de que él la mantenía en su lugar por las caderas. «Eres excelente en distraerme y hacerme olvidar todo lo demás».

Él se encogió de hombros y asumió su expresión más inocente, colocándola de modo que se frotara contra su dura polla. «¿Es culpa mía que estar embarazada te haya vuelto insaciable?».

Ella echó la cabeza hacia atrás y gimió. «No sé qué me pasa».

Dejó que su mirada se desviara de su largo cabello castaño que caía húmedo por su espalda, hasta sus senos redondeados apenas cubiertos por los triángulos de tela dorada. «No te pasa nada. Eres perfecta».

Otro gemido, mientras ella se balanceaba hacia adelante, frotándose contra él a través de la tela de sus trajes de baño. Dorn movió una mano desde su vientre hasta su cara, ahuecando su mandíbula y pasando un dedo por sus labios.

Ella capturó su dedo en su boca, chupándolo mientras lo miraba, sus ojos ardían con intensidad.

Dioses, pensó él, mientras la veía meterse el dedo en la boca. Luchó por evitar que sus propios ojos se pusieran en blanco. Sumergió la mano bajo el agua, apartó la parte inferior de su bikini y separó sus suaves pliegues, encontrando su protuberancia húmeda y rodeándola con su pulgar.

Mandy chupó más fuerte su dedo, moviendo sus caderas y gimiendo.

Dorn giró el pulgar más rápido y sus movimientos se volvieron entrecortados. Ella se echó hacia atrás y Dorn le sacó el dedo de la boca y lo movió hacia un seno, deslizándolo debajo de la parte superior del bikini y sacudiendo su duro pezón. Él hundió un dedo en su apretado calor, mientras su pulgar continuaba rodeando su resbaladizo pezón.

Mandy apretó su boca contra la de él, con un beso desesperado mientras se retorcía en su regazo, con las piernas a horcajadas sobre su cintura. Él hizo coincidir los caricias de su lengua con las caricias de su dedo dentro de ella, saboreando el calor de ambos. Dorn aceleró el paso cuando sintió que su cuerpo temblaba y sus manos arañaban sus hombros.

Apartándose del beso, echó la cabeza hacia atrás y se sacudió contra él, su cuerpo tuvo espasmos mientras se contraía alrededor de su dedo. Sintió las ondulaciones cuando ella se corrió, viendo su rostro retorcerse en éxtasis y finalmente relajarse mientras se desplomaba sobre él.

«Dorn», su voz era suave y entrecortada.

«¿Sí, Pareja?». La levantó por las caderas nuevamente, esta vez sosteniéndola mientras la giraba para que estuviera en las escaleras. Sus codos descansaban sobre la cubierta y sus rodillas descansaban sobre uno de los peldaños inferiores. Se metió entre sus piernas y desató un lado de la parte inferior de su bikini.

«¿Qué estás haciendo?», preguntó ella, girando la cabeza para ver cómo los hilos de su bikini se desataban.

Liberó el otro lado y la tela dorada cayó al agua. «Quiero ver cómo me tomas».

Ella emitió un suave gemido y arqueó su trasero en el aire, el agua lamiendo sus muslos. «Estoy tan lista para ti».

Dorn se bajó el ajustado traje negro y dejó libre su polla. La arrastró a través de sus pliegues húmedos y calientes; empujando su cabeza hacia abajo con una mano y abriendo más sus piernas. Verla abrirse para él era casi más de lo que podía soportar, pero enterró su polla dentro de ella lentamente, observándola estirarse para tomar su circunferencia mientras él empujaba profundamente, saboreando la sensación de su apretado calor y sus sonidos desesperados y agudos. Con las manos aferradas a sus caderas, volvió a penetrarla, esta vez con urgencia.

«Te gusta mirar, ¿no, Dorn?», preguntó con su voz burlona. «Te gusta ver tu gran polla separarme».

Apenas pudo gruñir una respuesta mientras ella se balanceaba hacia él, enfrentándolo empuje tras empuje. «Estás tan apretada para mí».

Mandy estiró el cuello para que su mirada se encontrara con la de él. «Más duro, Dorn».

Su orden envió fuego a través de sus venas, y él perdió toda capacidad de pensamiento racional, embistiendo duro mientras ella gritaba. La sentía mientras ella se partía en pedazos, su cuerpo se tensaba y convulsionaba momentos antes de que su propia liberación lo cegara. Con un grito primitivo, se vació en ella. Respirando como si hubiera corrido una carrera, Dorn se apoyó contra la cubierta para no desplomarse encima de ella.

El agua golpeó la parte posterior de sus temblorosas piernas mientras él envolvía un brazo suavemente alrededor de su vientre. «¿Estás segura de que no fue demasiado duro?».

La cara de Mandy estaba sonrojada cuando se giró y le dedicó una sonrisa somnolienta. «Estoy segura». Recogió la parte inferior del bikini que flotaba cerca de uno de los escalones y se movió para quedar boca arriba. Ella le dio un beso largo y suave. «Ahora realmente necesito apurarme. Esta fiesta de Navidad no se va a planificar sola».

Admirando la vista, Dorn la vio entrar en su suite de

fantasía con el culo al aire. Se subió el traje y se dejó caer nuevamente en el agua, dejándose flotar boca arriba mientras recuperaba el aliento.

Habían pasado muchas cosas desde que llegó por primera vez a La Nave, reacio y enojado y sin muchas ganas de tomar Pareja. Sonrió mientras escuchaba a Mandy cantar a lo lejos. Ahora, no cambiaría nada.

CAPÍTULO
TRES

Bridget se estiró y rodó sobre la alfombra de piel sintética frente al crepitante fuego. La calidez en su rostro la hizo sonreír mientras parpadeaba un par de veces y se ponía la suave manta sobre un hombro desnudo.

«No estás tratando de levantarte, ¿verdad?». Su pareja, Kax, pasó un brazo alrededor de su cintura y la acercó a él. Su voz sonaba somnolienta mientras acariciaba su cuello con la cara y la besaba somnoliento.

«No puedo creer que nos hayamos vuelto a quedar dormidos frente a la chimenea».

«Menos mal que solo es un fuego holográfico». Kax continuó plantando besos ligeros como plumas a lo largo de su garganta, haciendo que Bridget temblara de placer.

Miró hacia las vigas de madera del techo puntiagudo y hacia una de las grandes ventanas que daban a una pista de esquí perfecta. Afuera nevaba suavemente, como siempre ocurría, pero el interior estaba calentito y el olor de los troncos quemados hacía difícil creer que todo fuera una proyección holográfica.

Para alguien que había vivido en Florida durante años y

sudado durante veranos brutales, el chalet de esquí alpino era un escapada paradisíaca, con la que solo había soñado antes de ser secuestrada por los drexianos y llevada a su estación espacial de alta tecnología, trucada holográficamente.

Nunca habría imaginado que su vida daría tal giro. De bailarina de ballet fracasada a Novia Tributo de un guerrero alienígena. Se acercó más a Kax. Un guerrero alienígena realmente atractivo.

«Probablemente deberíamos empezar a usar la cama», dijo, riéndose mientras miraba la cama tipo trineo de caoba cubierta con lujosas sábanas.

«Probablemente», murmuró Kax en su oído, mordisqueando el lóbulo y enviando una sacudida de placer a través de ella. «¿Pero las alfombras de piel de oso delante de las chimeneas no son para tumbarse? ¿Los humanos no tienen muchas películas en las que las parejas duermen sobre pieles?».

«Sí», admitió Bridget, «pero no mucha gente duerme sobre ellas todo el tiempo».

«Ya veo». Kax no parecía preocupado. «Ciertamente podemos pasar a la cama, aunque disfruto sentarme contigo frente al fuego».

A Bridget también le encantaba. Habían desarrollado una rutina desde que se casaron. Se sentaban juntos frente a la chimenea al final del día y conversaban mientras cenaban y tomaban unas copas de vino Palaxiano. La charla y el vino solían llevar a más, y casi siempre terminaban desnudos y revolcándose sobre la mullida alfombra blanca. Siendo sincera, la alfombra era tan suave y lujosa que no extrañaba la cama, y no había nada mejor que despertarse frente a un fuego crepitante.

Dado que Kax ocasionalmente salía de la estación para misiones clasificadas con inteligencia militar, Bridget apreciaba las mañanas en las que se despertaban juntos. No había nada que ella amaba más que la sensación de sus grandes brazos rodeándola y las curvas musculosas de su pecho presionando contra su espalda.

«No puedo dormir hasta tarde hoy», dijo ella, odiando romper el hechizo mientras sus labios le hacían cosquillas en las orejas. «Prometí que me encontraría con Mandy para trabajar en la fiesta de Navidad».

Kax se apartó el pelo oscuro del hombro antes de besarlo también. «Claro. Navidad. Supongo que esta es una festividad importante en la Tierra».

Bridget se rió. «Sí, es bastante importante. No todo el mundo la celebra religiosamente, pero también es un momento para intercambiar regalos y hacer cosas buenas por otras personas. Solía ser mi fiesta favorita. No hay nada como la emoción de que Santa te deje regalos cuando eres pequeña».

Kax hizo una pausa. «¿Solía ser?».

Ella debería haber sabido que él se daría cuenta de eso. Kax era muy atento. Bridget subió más la manta, ya que sintió un escalofrío que no tenía nada que ver con la temperatura perfectamente moderada en el chalet. «La Navidad en el sistema de acogida no siempre fue tan buena».

Le había contado a Kax sobre su infancia después de que murieran sus padres y luego de su abuela, pero no le gustaba hablar demasiado de sus recuerdos más tristes. Se sintió afortunada de haber sido encontrada por alguien que la adoraba tanto como Kax, y eso la ayudó a llevar esos recuerdos al fondo de su mente, donde pertenecían.

«Lo siento». Enterró su rostro en su cuello por detrás, apretándola con fuerza. «Tendremos que asegurarnos de que esta sea la mejor Navidad que jamás hayas tenido».

Ella asintió, incapaz de hablar debido al nudo que se le había formado en la garganta. Por supuesto, Kax querría hacer todo lo posible para hacerla feliz, incluso si no tuviera idea de lo que era la Navidad o de por qué era tan importante para ella y las demás humanas en la estación.

«¿Qué te parecería interpretar a Santa Claus?», preguntó cuando se aclaró la garganta.

«¿Santa?».

Bridget se puso boca arriba para poder mirarlo. «Es el tipo que reparte todos los regalos».

Kax sonrió y las comisuras de sus intensos ojos verdes se arrugaron. «Creo que me gustaría eso».

Ella pasó una mano por la barba que le cubría las mejillas. «Probablemente te verías muy sexy con barba blanca y sombrero rojo».

Sus cejas se alzaron. «¿Barba blanca? ¿Este Santa es como un Merutog?».

Bridget ladeó la cabeza hacia él. «¿Un Merutog?».

«Una especie que se destaca por su vello facial largo y blanco».

«¿Toda la especie? ¿Incluso las hembras?».

Kax asintió. «Los Merutog tienen tres géneros, pero sí, todos tienen barba blanca».

Bridget se rió. Todavía se estaba acostumbrando al concepto de alienígenas, sin mencionar tantas especies que nunca podría haber imaginado. «Santa no es un Merutog, pero es viejo. Vive en el Polo Norte, que es frío y probablemente se parece mucho a aquí afuera. Vuela en un trineo tirado por renos y puede entregar regalos a millones de niños en una sola noche».

«Así que él es mágico», Kax la besó ligeramente en la nariz. «Me gusta como suena este Santa».

«Entonces, está arreglado. Serás Santa en la fiesta de Navidad. Ahora solo tengo que conseguir que los diseñadores de vestidos de novia te preparen un traje de Santa».

«¿Randi y Monti?», preguntó Kax, obviamente recordando el colorido dúo de diseñadores de vestidos.

«Sé que este no es un vestido de novia glamoroso, pero creo que pueden disfrutar el desafío», dijo Bridget. «Al menos eso espero».

«Eres una Novia Tributo», le recordó Kax. «Puede que ya estés emparejada conmigo, pero todos en La Nave todavía quieren hacerte feliz. No tanto como yo, por supuesto».

Bridget se rió mientras él se movía para estar encima de ella. «Sabes que Mandy estará aquí en cualquier momento, ¿verdad?».

«Dorn me dijo que le iba a dar otra lección de natación esta mañana», dijo Kax. «Sabiendo lo difícil que es mi hermano, es posible que tenga las manos ocupadas. No contaría con que llegue a tiempo».

Bajó su boca hacia la de ella, besándola suavemente, su lengua provocando la punta de la de ella. El deseo zumbó por su cuerpo y sintió la respuesta traicionera de su propio cuerpo, mientras su piel se calentaba y sus pezones se endurecían. A pesar de sus mejores intenciones, ella se arqueó hacia él.

«Nunca puedo tener suficiente de ti». Él se apartó y sus ojos se fundieron mientras la miraba.

«Espero que sigas así, porque estás atrapado conmigo de por vida, tipo rudo». Bridget pasó una mano por su corto cabello castaño miel, acercando su rostro al de ella nuevamente.

Él gimió mientras acercaba su boca a la de ella. Su otra mano encontró los nódulos a lo largo de su columna, acariciándolos mientras sus ruidos de excitación se hacían más fuertes. Le encantaba sentir los bultos endurecerse y calentarse bajo su tacto, y sus gemidos la hacían acariciarlos aún más rápido.

Un fuerte pitido procedente de la puerta la sacó de la bruma del deseo. Kax se despegó de ella, con la respiración entrecortada. Bridget se zafó de él y se levantó de un salto.

«¿Tienes que irte?», Kax la miró fijamente mientras se

dejaba caer sobre su espalda, con su enorme polla cubriendo la manta. «¿Ahora?».

Bridget observó su enorme erección y luchó contra el impulso de decirle a Mandy que fuera a dar una vuelta. «La ausencia hace que el corazón se encariñe más».

Kax suspiró mientras la veía caminar desnuda hacia el baño en busca de una bata. «Sería imposible para mí tenerte más cariño».

Las mejillas de Bridget se calentaron y no tenía nada que ver con el deseo. Agarró dos batas de los ganchos dentro del baño y le arrojó una a su pareja. «Siento exactamente lo mismo, mi sexy Santa».

CAPÍTULO
CUATRO

K atie se dio la vuelta y sintió el otro lado de la cama donde debería haber estado el cálido cuerpo de Zayn. Nada. Se levantó quitándose la masa de rizos rubio rojizo de la cara, miró hacia el balcón y vio su enorme silueta apoyada contra la barandilla de madera de teca. No llevaba nada más que pantalones ligeros con cordones que le llegaban hasta la cintura, y sus ojos se dirigieron a los nódulos que recorrían su columna, bultos que se calentaban y endurecían cuando estaba excitado. Verlo así, contemplando la vista de la mañana desde su suite, le hizo desear ser una madrugadora.

Bostezó y se estiró, intentando no hacer ruido. No quería arruinar el momento mágico, aunque sabía que todo había sido creado holográficamente. El amanecer todavía era impresionante: rayos de sol asomando por encima de los árboles de copa plana en el horizonte, enviando rayos dorados a través de las altas hierbas de la sabana; un grupo de antílopes caminando perezosamente y pájaros revoloteando por el cielo, uno de ellos graznando ocasionalmente en la distancia; el olor a lluvia inminente que rara vez llegaba. Katie sabía que todas las suites de fantasía holográfica creadas para las Novias Tributo y sus parejas eran hermosas, pero sentía que ninguna podía ser tan asombrosa como ésta.

Como si la sintiera balanceando sus piernas sobre el costado de la cama, Zayn se dio la vuelta. «Estás despierta».

«No dejes que estropee el amanecer», dijo, caminando por los pisos de teca pulida para reunirse con él en la terraza que se extendía alrededor de dos lados de su suite con tiendas de campaña altas.

Su Pareja sonrió mientras la acercaba a él, envolviendo sus grandes brazos alrededor de su cintura. «Nunca se puede arruinar nada. Solo mejorar las cosas».

Las mejillas de Katie se calentaron, aunque ya debería estar acostumbrada a sus elogios. Ya llevaban casados un par de meses y todavía estaban plenamente instalados en la fase de luna de miel, lo cual no era difícil, ya que vivían en un entorno tan lujoso y romántico que la mayoría de las parejas solo podían soñar con visitarlo durante su luna de miel. Presionó su mejilla contra el músculo desnudo de su pecho y pasó un dedo por un brazo, recorriendo las cicatrices que cruzaban sus antebrazos, un recordatorio del tiempo que estuvo cautivo por los kronock.

«¿Sigues sin poder dormir bien?», preguntó ella sin levantar la vista.

Desde que lo conoció, Zayn había sufrido pesadillas y flashbacks relacionados con la misión que se había desviado y terminado con todo su pelotón siendo masacrado por los kronock y él habiéndolo tomado cautivo. Aunque no hablaba de eso a menudo, ella sabía que la culpa todavía lo carcomía.

«Simplemente disfruto las mañanas aquí». Él besó la parte superior de su cabeza. «Y disfruto verte dormir y escuchar los pequeños ruidos que haces».

Ella le golpeó el pecho. «No hago ruidos cuando duermo».

Él rió. «Los haces, y son tan suaves y dulces que necesito

todo mi autocontrol para no arrastrarme encima de ti y darte una razón para hacer más ruido».

Katie dejó que su mano bajara hasta las tensas crestas de su estómago. «Deberías despertarme».

Él se reclinó y la miró con sus intensos ojos azul cerúleo mientras enredaba una mano en sus rizos y la besaba profundamente. Permitiéndose hundirse en él, levantó las manos para rodearle el cuello. La calidez de sus labios envió placer recorriendo su cuerpo y la hizo arquearse hacia él, ansiosa por sentir su longitud rígida mientras presionaba contra su cadera.

«Bueno, ya estamos levantados los dos», dijo ella cuando se separaron, su voz casi un ronroneo.

Emitió un ruido en el fondo de su garganta que era en parte gemido y parte gruñido. «Y tengo que irme».

Katie se echó hacia atrás. «¿Irte? ¿Ahora? Apenas amanece».

Zayn sonrió. «En realidad, es más tarde de lo que piensas. Ajusté nuestra configuración holográfica para los amaneceres posteriores, ya que te gusta dormir hasta tarde, pero debo estar en el puente dentro de poco».

Estuvo a punto de regañarlo por engañarla con la configuración, aunque agradeció el sueño extra, pero luego sintió una punzada de culpa por haber olvidado ese día. Su primer día de regreso como guerrero drexiano totalmente comisionado y su primer día de trabajo en la cubierta de mando de la estación espacial.

Sabía lo importante que era para él volver a trabajar. Después de escapar de los kronock, su adaptación a la vida drexiana no había sido fácil, y en un momento incluso se sospechó de él por sabotaje. A pesar de que su nombre fue limpiado y finalmente el equipo médico le dio el visto bueno para regresar al servicio, el liderazgo drexiano tardó un tiempo en decidir dónde colocarlo. Este nombramiento para el puente era importante y se lo merecía plenamente.

«Así es. Lamento mucho haberlo olvidado». Ella miró hacia la habitación. «¿Debería pedir el desayuno?».

Él sacudió la cabeza. «Tomaré algo en el paseo marítimo. Uno de esos estimulantes que tanto te gustan».

Katie dejó escapar un suspiro. «Está bien, siempre y cuando entiendas que no es café de verdad».

«Comprendido». Zayn se rió, mientras se quitaba los pantalones y caminaba hacia el baño, dejando que Katie se comiera con los ojos su trasero desnudo.

Esa vista nunca cansa, pensó, mientras lo veía desaparecer en el baño y escuchaba la ducha abrirse. Él era tan sexy, tan fornido y simplemente hermoso que a veces todavía tenía ganas de sacudirse. Zayn estaba muy lejos de sus novios perdedores en la Tierra. En realidad, todo en La Nave estaba muy lejos de su vida en Los Ángeles.

Allá estaba arruinada y tenía perspectivas laborales patéticas, y las autoridades estaban convencidas de que había tenido algo que ver con la desaparición de la socialité Mandy Talbot. Resultaba ser que Mandy no había desaparecido. Había sido abducida por extraterrestres. Casi se echó a reír al pensar en los periódicos de chismes para los que había trabajado como paparazzo. No se arrepintió de haber abandonado su plan de revelar la existencia de la estación espacial de los drexianos y su programa de décadas de sacar mujeres de la Tierra, pero le encantaría ver las caras de los editores babosos si supieran la verdad. Especialmente ese delincuente del *Enquirer*.

Había renunciado a eso, junto con cualquier esperanza de regresar a la Tierra, cuando decidió casarse con Zayn. Una decisión de la que nunca se había arrepentido ni por un momento.

«¿Estás bien?», preguntó Zayn, saliendo del baño con una toalla beige envuelta alrededor de su cintura y agua goteando de su cabello corto y oscuro.

Katie levantó la vista y su voz la sacó de sus pensamientos.

«¿Cuál es esa expresión que usó Serge el otro día?», Zayn se quitó la toalla y la frotó sobre su cabello mojado, caminando hacia la cómoda alta de madera y abriendo los cajones. «¿Un centavo por tu pensamiento?».

«Un centavo por tus pensamientos», lo corrigió Katie. «Puede que Serge sea un experto en bodas, pero no tiene la última palabra en expresiones terrestres».

Aunque había visto muchas veces a su marido desnudo, seguir viéndolo nunca dejaba de impresionarla. Se puso unos calzoncillos negros ajustados y a ella se le secó la boca cuando vio lo bien que los llenaba. Se dejó caer en la cama, se cubrió la cabeza con los brazos y dejó que su camisón corto de seda subiera. «¿Estás seguro de que tienes que irte?».

Mirando hacia atrás por encima del hombro, Zayn se mordió el labio inferior. Se puso unos pantalones oscuros de uniforme y una camiseta ajustada, luego dio un par de zancadas largas hasta la cama, apoyando los brazos a cada lado de ella e inclinándose. Le mordió el cuello. «Afirmativo, pero volveré esta noche».

Katie suspiró y su cálido aliento le provocó escalofríos por la espalda. «Cuento con ello».

Él besó su cuello, inhalando profundamente antes de levantarse. «De cualquier forma, ¿no tienes algo que ver hoy con las otras tributo?».

Katie se dio la vuelta y dejó escapar un suspiro. «Eso. Sí, supongo que sí».

Se rió entre dientes mientras regresaba a la cómoda y sacaba una chaqueta de uniforme almidonada. «No pareces emocionada. Mandy me hizo pensar que esto era algo divertido».

Katie sabía que Zayn había visto a Mandy, una de las otras Novias Tributo, y la mujer que se sospechaba que había secuestrado en la Tierra, cuando fue a la enfermería para los controles periódicos de su cirugía. Su compañera tributo trabajaba allí y se estaba entrenando para ser médica. Aunque Mandy fue la razón por la que la secuestraron de la Tierra, Katie había hecho las paces con la mujer e incluso las dos se habían hecho buenas amigas. Eso no significaba que ella estuviera de acuerdo con la última idea de Mandy.

Se encogió de hombros mientras observaba a su Pareja ajustarse la faja llena de medallas y elogios sobre su pecho. «Supongo que la Navidad no es lo mío».

«Por lo que dijo Mandy, es una festividad muy importante en tu planeta. Una que a la mayoría de la gente le encanta».

«A la mayoría de la gente», dijo Katie. «La Navidad nunca fue muy feliz cuando yo era niña».

Ella no le dijo que las vacaciones habían sido una ocasión perfecta para que su padre, un estafador profesional, se pusiera muy activo, involucrándola en planes para estafar a la gente con bonos y convencerlos de que donaran a organizaciones benéficas falsas. Él había considerado que el aumento de la generosidad era el momento perfecto para realizar estafas, mientras que todo el asunto la había hecho sentir sucia. Ya era bastante malo no haber tenido una infancia normal y haber aprendido a jugar Monte de tres cartas cuando la mayoría de los niños jugaban al Uno, pero desplumar a la gente en Navidad la había hecho sentir aún peor. Rápidamente aprendió a temer la temporada y el conocimiento de que ella, su padre y sus turbios amigos serían la causa de más de una Navidad miserable.

Zayn se acercó detrás de ella y le rodeó la cintura con los brazos, luego se inclinó para poder besar su cuello. «Entonces nos aseguraremos de que este año sea diferente».

Quería creerle, pero el nudo en la boca del estómago le decía que no se hiciera ilusiones. ¿Qué sabía un extraterrestre que nunca había celebrado la Navidad sobre esta festividad? Nunca le había traído más que tristeza y prefería ignorarlo por completo. De alguna manera, sospechaba que con Mandy al frente de la celebración en La Nave, ignorarla sería difícil hacerlo este año.

Katie dejó escapar un suspiro, medio resignada, medio esperanzada. «De acuerdo».

La besó de nuevo, antes de caminar hacia la puerta y pasar la mano por el panel lateral para abrirla. «Diviértete planificando con las otras novias».

«Buena suerte en el trabajo». Ella le dedicó su mejor sonrisa mientras él desaparecía por el pasillo con un último saludo por encima del hombro.

"Diversión" y "planificación" no eran dos palabras que fueran juntas para Katie, especialmente si no tenían que ver con la Navidad. Se resistió a murmurar «*Bah Humbug*» en voz baja, mientras se dirigía al baño para ducharse.

[Nota de la T.: *"Bah Humbug", expresión que se usa cuando alguien no aprueba o disfruta algo que otras personas sí*]

CAPÍTULO
CINCO

Incluso con su cabeza prácticamente dentro del casco metálico de la nave espacial, Trista escuchó el ruido sordo de las botas mientras cruzaban el piso de la cubierta de vuelo. Pero ella no levantó la vista. No cuando estaba tan cerca de descubrir por qué el propulsor de este caza en particular seguía atascándose.

La tecnología drexiana podía ser significativamente más avanzada que la de la Tierra, pero, a fin de cuentas, las máquinas eran máquinas. Había trabajado en suficientes bicicletas, camiones y potentes autos para comprender qué hacía funcionar los motores. Esa era una ventaja de salir con chicos que estaban en clubes rudos de motociclistas en la Tierra. Y si era honesta, esa era la única ventaja.

Trista tamborileó con sus dedos manchados de aceite sobre el acero del motor averiado. «¿Qué te tiene atascado, bebé?», ella murmuró.

«Yo no diría que está atascado». La voz profunda dijo justo a su lado. «Más bien consternado al encontrar desaparecida de mi cama a mi Pareja».

Trista saltó ante el sonido y se golpeó la cabeza contra la

escotilla metálica del motor. Se enderezó e inclinó la cabeza hacia atrás para mirar el rostro ceñudo de su marido. «No me asustes así, Torven».

Él pareció ligeramente herido por su respuesta. «No quise asustarte».

Está bien, tenía razón en eso. Había oído sus pasos, pero no sabía que eran suyos y no le había importado. Había estado demasiado absorta en su trabajo, un tema recurrente desde que le dieron acceso a la cabina de vuelo y permiso para ayudar con las reparaciones.

En realidad, estaba feliz de verlo, pensó, mientras estudiaba su expresión severa con sus ojos dorados entrecerrados. A pesar de su apariencia, con el cabello oscuro y desgreñado, sus gruesos tatuajes que se arremolinaban en un brazo, el diente de craktow que colgaba de un cordón de cuero alrededor de su cuello, de sus enormes músculos por todas partes, sabía que su marido no daba tanto miedo como parecía.

«Lo siento», Trista se puso de puntillas para darle un beso rápido, mientras metía un mechón de cabello rubio en su cola de caballo. «Estoy atorada con este problema del propulsor».

Miró el casco negro del caza. «¿Tan atorada que tuviste que levantarte de la cama en medio de la noche para venir a trabajar en ello?».

«No era media noche. Afuera ya era casi de día y sí, tenía que venir a probar algo».

Su beso pareció apaciguarlo y descruzó los brazos. «¿Funcionó?».

Ella dejó escapar un largo suspiro. «No, pero no me rendiré».

«No esperaría menos de mi pequeño 'primate grasiento'». Torven pasó un brazo alrededor de su cintura y la acercó para que quedara al ras de él.

Su apodo siempre la hacía sonreír. «¿Oh sí?».

Ella puso sus manos manchadas de grasa sobre su pecho, todo curvas duras y músculos surcados, y su pulso se aceleró. Por mucho que le encantara trabajar con motores, no podía negar que el más mínimo toque de él podría acelerarla en cuestión de segundos. Siempre había tenido debilidad por los chicos malos, aunque este chico malo era en realidad un honorable guerrero drexiano que daría su vida por la de ella sin pensarlo dos veces. A Trista le gustaba pensar que enamorarse de él finalmente había roto su racha de involucrarse con el tipo equivocado de hombres que nunca la trataban bien. Torven la trataba como a una diosa. Bueno, una diosa primate grasienta.

«Estoy orgulloso de ti». Torven pasó un grueso dedo por su garganta, deteniéndose en el cierre superior de la versión drexiana del overol que se había puesto sobre la ropa. «Has demostrado a todos lo inteligente y trabajadora que eres. Y cómo no aceptar un 'no' por respuesta».

«Gracias. Lo aprendí de ti».

Él soltó una carcajada mientras desabrochaba la parte superior de su overol para revelar una blusa sedosa. «Ya eras testaruda y dura antes de que yo apareciera».

Ella se encogió de hombros, tratando de ignorar su rápida respiración mientras su dedo bajaba y acariciaba la suave hinchazón de un seno. «Tal vez en el fondo, pero lo sacaste a relucir en mí».

Sus ojos brillaron de deseo cuando su dedo rozó su pezón a través de la tela, y se endureció al instante. «Entonces sacamos lo mejor de cada uno, Pareja. Como debería ser. Siempre te dije que estábamos destinados a estar juntos».

Él siempre *había* insistido en eso, incluso cuando ella no estaba tan segura, y todo parecía estar en su contra. Torven había sabido que la deseaba, y que serían perfectos el uno para el otro, de una manera que la dejaba sin aliento. Era difícil resistirse a un chico que la miraba como él lo hacía a ella.

Trista miró a su alrededor. Afortunadamente, en el hangar no se veía a nadie ya que era temprano en el ciclo diurno de la estación espacial creada artificialmente. Eso no significaba que estuviera vacío. Un puñado de alienígenas estaban inspeccionando naves y algunos pilotos drexianos se estaban preparando para partir.

«Torven». Ella se mordió el labio inferior mientras él movía su pezón. «No podemos».

«Oh, ciertamente podemos. Si no puedo saciarme de ti cuando me despierto, entonces debo conseguirlo aquí».

Ella contuvo el aliento cuando él la pellizcó ligeramente. «¿En la cubierta del hangar?». Una parte de ella estaba horrorizada y otra parte de ella, quizás una parte más grande en ella, estaba emocionada.

Sacó la mano de su overol y la llevó al otro lado de la nave. En particular, esta nave estaba atracada en el otro extremo del espacio de techos altos, por lo que no había nada al otro lado excepto una pared curva.

«¿Mejor?», preguntó, procediendo a desabrocharse el overol y tirar de él para que le llegara hasta los tobillos. Su boca se abrió cuando vio lo que ella llevaba debajo: el pijama azul corto que había estado usando cuando se fueron a la cama la noche anterior. «¿Caminaste por la estación con esto?».

«Como dijiste, era media noche», le dijo con una media sonrisa. «No había nadie cerca para verme».

Continuó mirándola con incredulidad. «Cualquiera podría haber visto tus pezones asomando a través de la fina tela». Bajó la mirada y abrió mucho los ojos. «Y no llevas bragas debajo de estos pequeños pantalones cortos».

Sus mejillas se calentaron. «Como dije, tenía prisa». Ella lanzó una mirada a sus pechos llenos. «Y mis pezones no estaban duros entonces».

«¿No?». Él tomó sus pechos con sus grandes palmas, acariciando los pezones erectos. «¿Esto es todo para mí?».

«Por supuesto, es todo para ti». Ella bajó la voz. «Tú lo sabes».

«Mmm». Cerró la distancia entre ellos. «Me gusta oírte decirlo».

Ella encontró su mirada. «Soy solo tuya».

Con un gruñido, la besó con fuerza. Trista dejó que la fuerza presionara su espalda contra el casco de la nave, envolviendo sus brazos alrededor de su espalda y acercándolo. No pudo evitar que se escapara un pequeño gemido cuando su lengua encontró la de ella, acariciando con urgencia mientras continuaba tocando sus pezones.

Después de unos momentos, él quitó una mano de su pecho y la deslizó debajo de la cintura de sus pantalones cortos. Usando dos dedos, separó sus pliegues resbaladizos y rápidamente encontró su clítoris. Sus rodillas casi se doblaron cuando él comenzó a rodearlo con la punta de un dedo.

«Estás tan mojada por mí, mi pequeño primate grasiento», le susurró al oído.

Ella no podía hablar mientras él se dejaba caer, capturando un pezón en su boca y succionándolo. La sangre martilleaba en sus oídos mientras sensaciones de placer competitivas la hacían morderse el labio inferior para evitar gritar. Ni siquiera le importaba que estuvieran en público y que cualquiera pudiera caminar alrededor de la nave y verlos. Tal como estaban las cosas, no haría falta ser un genio para descubrir las cosas mirando sus piernas debajo de la nave, especialmente con su mono alrededor de sus tobillos.

«Sabes tan bien», dijo, alejándose de su pezón.

«No pares», jadeó ella.

Él le sonrió. «¿Dónde quieres mi boca, Trista?».

Se le cortó el aliento y sintió un espasmo entre las piernas.

«Sabes dónde la quiero».

«Dímelo», dijo. «Dime dónde debo lamerte».

Sus mejillas ardieron. «Mi coño. Quiero que me lames el coño».

Cayendo de rodillas, le bajó los pantalones cortos hasta que se unieron al overol en el suelo. Él provocó un beso en su muslo. «¿En este coño apretado y mojado?».

«Torven», suplicaba ella, quitándose la ropa acumulada a sus pies y pateándola.

Él arrastró su lengua entre sus pliegues y ella se aferró a sus hombros para no caer. Fue casi demasiado cuando comenzó a girar su lengua sobre su clítoris, y cuando levantó una de sus piernas, enganchándola sobre su hombro, Trista hundió sus dedos en su carne.

Su lengua continuó girando mientras deslizaba un dedo largo y grueso dentro de ella y comenzaba a bombearlo hacia adentro y hacia afuera. Ella dejó caer la cabeza hacia atrás, sus ojos se pusieron en blanco mientras su Pareja la complacía, su corazón se aceleraba y sus manos agarraban sus hombros para no colapsar. Cuando él aceleró el paso, ella no pudo contenerse más mientras su cuerpo se convulsionaba alrededor de él, su liberación la catapultaba al límite. Arañando su espalda, ella jadeó mientras una eufórica ola tras otra chocaba contra ella.

Se sintió débil cuando él se puso de pie y le dedicó una sonrisa de satisfacción. Cuando el zumbido en su cabeza se aclaró y su ritmo cardíaco comenzó a volver a la normalidad, se acercó a él. «¿Qué hay de ti?».

«Por mucho que me encantaría inclinarte sobre esta nave y mostrarte lo salvaje que me vuelves, creo que probablemente ya hayan esperado suficiente».

«¿Quién ha esperado suficiente?».

«Mandy y las otras tributos». Se agachó y recuperó sus pantalones cortos. «En realidad, por eso vine a buscarte. Pasaron por la suite para recordarte sobre la sesión de planificación de la fiesta».

Trista se golpeó la frente y le arrebató los pantalones cortos. «¡Mierda! La fiesta de Navidad. Lo olvidé totalmente».

«Estoy seguro de que lo entenderán».

Saltó sobre una pierna mientras se ponía los pantalones cortos. «No conoces a Mandy. Si me pierdo la reunión, me quedaré atrapada trabajando con Serge en serpentinas que combinen colores o en alguna otra cosa ridícula».

Torven le entregó el overol con una sonrisa. «Todavía no entiendo esto de la Navidad».

Se puso el traje holgado y se detuvo. «Solía ser mi época favorita del año. Tuve un par que no fue tan bueno, pero había algo en escuchar música navideña y ver luces en las casas de las personas que siempre me hacía sonreír».

Torven ladeó la cabeza hacia ella. «¿Luces en las casas?».

Se abrochó el overol y respiró hondo. «Incluso en algunos de los barrios más asquerosos, y yo viví en algunos, la gente colocaba pequeñas luces en los bordes de sus casas. A veces parpadeaban. A veces no lo hacían. Algunas personas solo usan de color blanco y otras prefieren de colores. Sinceramente, me gustaban todas».

«Los humanos siguen fascinándome».

«Qué bueno». Trista le dio un beso rápido antes de retroceder. «Ahora deséame suerte para que Mandy no me mate».

CAPÍTULO
SEIS

Ella se reclinó en la silla transparente en el estudio de diseño, frotándose el dolor en el cuello mientras veía a su mejor amiga True caminando por el elegante espacio de techos altos, con sus zapatos golpeando el piso de madera. «Llegas temprano».

La mujer sacudió la cabeza y su largo cabello rubio ondeó detrás de ella. «En realidad, no es así. Acabas de volver a perder la noción del tiempo. ¿Cuánto tiempo llevas mirando la pantalla?».

Ella revisó la tableta. «Ni idea. ¿Realmente ha pasado tanto tiempo? Siento que acabo de llegar con Preston».

True se sentó en otro sillón transparente con respaldo frente a Ella y le sonrió a su amiga. «Dime algo que no sepa. Tan pronto como empiezas a trabajar, el mundo desaparece a tu alrededor».

Ella suspiró pasando una mano por su masa de rizos oscuros. Su amiga tenía razón. Se sentía como si acabara de llegar al estudio de diseño floral donde trabajaba como programadora holográfica, pero recordaba vagamente que su jefe, Preston, había dicho algo sobre salir a almorzar, y eso había sido hacía un tiempo. «Al menos no es tan malo como cuando trabajaba en el ámbito militar. Definitivamente dedicaba más horas en ese entonces».

«¿Lo extrañas?».

Ella cogió su vaso de café casi vacío y agitó el contenido para no tragar los residuos. «¿Quieres decir si extraño mirar datos durante horas y preocuparme por cometer un error que podría costar vidas?».

True se encogió de hombros. «Debe ser difícil crear diseños de bodas holográficas después de haber trabajado en un proyecto ultrasecreto que terminó rescatando a un drexiano capturado».

«Sabes que me encanta trabajar para Preston». Sabía que esa no era realmente una respuesta, pero no quería admitir cuánto extrañaba trabajar en inteligencia militar con un grupo de guerreros drexianos rudos. Por mucho que disfrutara trabajando para el diseñador humano, crear puestas de sol holográficas y lluvias de meteoritos para bodas no era tan gratificante como salvar vidas.

True la miró como si no le creyera, recordándole a Ella que la mujer la conocía bastante bien, lo que significaba que también sabía cuándo estaba tratando de engañarse a sí misma. Pero no era como si los drexianos fueran a incorporarla a su equipo de forma permanente. Sabía que el trabajo era temporal cuando lo aceptó, y le pareció bien. En su mayoría.

«Incluso si el ejército me necesitara de nuevo, no podría abandonar a Preston», dijo Ella, parpadeando mientras miraba alrededor del estudio. Todo era ladrillo expuesto y muebles modernos que parecían más un ático de la ciudad de Nueva York que parte de una estación espacial extraterrestre. «No cuando estamos a punto de recibir una afluencia de Novias Tributo».

True hizo girar un mechón de cabello pálido alrededor de

un dedo. «Hablando de las tributo, no estoy segura de por qué me quieren en esta reunión. Todas las demás son Novias Tributo, ¿verdad?».

«No todas. Shreya es otra independiente. Además, las tributo no son tan malas una vez que las conoces». Ella tomó un sorbo del equivalente a café, ahora frío, y deseó por centésima vez que La Nave tuviera café de verdad.

True arqueó una ceja. «Alguien ha cambiado de tono. Solías desdeñar bastante el concepto de Novias Tributo y todas las mujeres de la Tierra que lo acompañaban».

Las mejillas de Ella se sonrojaron y su mirada se posó en su tableta.

«Por supuesto, eso fue antes de que te enamoraras de tu propio guerrero drexiano». True estiró el cuello, como si buscara a alguien. «Me sorprende que no esté aquí».

«¿Aquí?», Ella se rió. «No creo que Dakar quiera asistir a una reunión de Novias Tributo para planificar una fiesta de Navidad».

El rostro de True se iluminó. «Me encanta la idea de celebrar la Navidad. La fiesta que intentamos hacer en la sección de independientes el año pasado no fue muy buena».

«No estuvo mal», dijo Ella, tocando la pantalla de su tableta. «Pero no teníamos acceso a los recursos ni a la tecnología drexiana. Ahora lo tenemos».

«¿Y realmente te permitirán usar la tecnología holográfica para crear un árbol de Navidad gigante en el paseo marítimo?», True echó un rápido vistazo por encima del hombro a la puerta por la que había entrado, más allá de la cual estaba el paseo marítimo, el centro de la estación.

El ceño de Ella se frunció. «Solo tengo que descubrir qué altura puedo alcanzar sin interferir con los inclinadores. Sabes que se mueven usando fuerza magnética».

True le dio a su amiga una mirada de reojo. «¿Y por qué iba

a saber eso?».

Ella suspiró. «No te mataría aprender más sobre la tecnología drexiana, True. Es bastante sorprendente y disfrutarás usarla, especialmente porque usé mis conexiones para conseguirte tiempo en las elegantes holocubiertas de oficiales».

Las pálidas mejillas de True se sonrojaron. «Oh. Quería mencionar... gracias por la incorporación a mi programa de holocubierta».

«¿Tu programa de holocubierta?», Ella se pasó una mano por su salvaje melena de rizos oscuros. «¿Qué es lo que tú...?».

«¡No me mates por llegar tarde!», la puerta se abrió de golpe y Mandy entró corriendo, respirando con dificultad. Su cabello castaño estaba recogido en una cola de caballo, con mechones húmedos enrollándose alrededor de su nuca. Un brazo estaba entrelazado con el de Bridget, aunque la otra mujer no parecía tan angustiada.

«Te dije que no seríamos las últimas», dijo Bridget, sacudiendo la cabeza mientras cruzaban la habitación.

Mandy tomó el espacio y a Ella y True se encontraban sentadas alrededor de la mesa baja y clara. «¿Dónde está todo el mundo?».

Ella se reclinó y cruzó las piernas. «Deberíamos sentirnos ofendidas por eso, ¿verdad?».

«Sabes a lo que me refiero», dijo Mandy con un aleteo de la mano. «Se supone que Katie y Trista también debían estar aquí».

«Y le pediste a Shreya que se uniera a nosotras», le recordó Ella. «Aunque ella viene del laboratorio, es posible que llegue tarde».

Bridget miró a Mandy, mientras las dos tomaban asiento entre Ella y True. «¿Estás sacando a Shreya de su investigación para planear una fiesta?».

Mandy ignoró a su amiga mientras se frotaba distraídamente su vientre hinchado. «Esta no es una fiesta cualquiera. Será la primera fiesta oficial en toda la estación. Debería ser increíble».

Bridget pasó las yemas de los dedos por su pelo negro y liso. «¿Puede ser increíble sin estresarnos todas? Me gustaría disfrutar de mi primera Navidad en La Nave».

«Me encanta la idea de una fiesta de Navidad», dijo True con una sonrisa tímida. «Son mis festividades favoritas».

«¿Lo ves?» Mandy le lanzó a Bridget una mirada penetrante y le sonrió a True. «*Algunas* personas ya se encuentran con el espíritu navideño».

Bridget cruzó los brazos sobre el pecho y miró a Mandy por encima del hombro. «¿Disculpa? Tengo el espíritu navideño, muchas gracias. Si no fuera así, ¿habría convencido a Kax para que interpretara a Santa?».

La boca de Mandy quedó abierta. «¿Lo hiciste?».

Bridget agitó las pestañas y asintió. «Te dije que ayudaría».

«Debe estar realmente loco por ti». Mandy sacó una tableta de su bolso rosa intenso y la abrió. «No puedo esperar hasta que Dorn lo vea con barba blanca».

«Kax todavía necesita algunos elfos, si Dorn está celoso no podrá disfrazarse», dijo Bridget.

Mandy reprimió una risa. «De alguna manera no creo que mi corpulenta Pareja sea un elfo muy convincente». Se golpeó la barbilla con un dedo. «Ahora, Serge, por otro lado...».

«Te asesinaría», dijo Trista, mientras ella y Katie entraban.

Ella no pudo evitar sonreírle a la rubia del overol manchado. Trista no encajaba en la imagen habitual de una Novia Tributo, y como había regresado de estar varada en un planeta helado, tampoco parecía importarle. A Ella le gustaba que el cabello de la mujer estuviera recogido en una cola de caballo desordenada, y no para lograr un efecto elegante, y que no ocultara su amor por la mecánica. Una mujer única, pensó.

Mandy se giró para mirar a las mujeres que se acercaban. «¿No crees que podríamos decirle que el traje de elfo es la última moda en la Tierra?».

Katie soltó una carcajada mientras se sentaba en el banco tapizado. «Creo que los zapatos de cascabel lo alertarían. Yo, por mi parte, no quiero volver a ponerme en su lado malo. Apenas me ha perdonado de tener una boda sorpresa sin decírselo».

«Qué pena», dijo Mandy. «Creo que nuestro planificador de bodas sería el elfo perfecto».

Bridget negó con la cabeza. «¿Por qué no dejamos que Ella nos diga qué se le ocurrió para la fiesta y luego podemos trabajar desde ahí?».

Ella hizo girar su tableta y deslizó los dedos por la superficie. «Creo que les gustará esto. Pensé que podríamos poner un árbol de Navidad gigante en el paseo marítimo y encenderlo oficialmente en algún momento durante la fiesta. Haré que las luces se enciendan desde abajo y giren en espiral alrededor del árbol hasta que alcancen la estrella en la parte superior, luego se dispararán fuegos artificiales holográficos por encima. Realmente me gustaría que empezara a nevar después de eso, pero como el paseo no es en realidad una holocubierta, no se sentirá como nieve».

«¿Puedes hacer eso? ¿Hacer que parezca que está nevando?», preguntó Bridget, abriendo mucho sus ojos oscuros.

«No es difícil». Las mejillas de Ella se calentaron mientras todas las mujeres la miraban fijamente.

«No dejes que te engañe», dijo True. «Tiene mucho talento en lo que respecta a las computadoras y la codificación».

«Eso es perfecto», dijo Mandy. «Entonces tenemos un árbol y nevadas. Eso definitivamente preparará el escenario. Luego tenemos a Kax como Santa y posiblemente a Serge como elfo».

Todas pusieron los ojos en blanco y se rieron. Cuando las

mujeres comenzaron a decirle a Mandy nuevamente por qué engañar a Serge para que fuera un elfo sería una mala idea, Ella escuchó un ruido a su espalda. Estiró el cuello para ver la cabeza de Dakar asomando por la puerta de la parte trasera del estudio.

¿Qué estaba haciendo aquí?

Afortunadamente, las mujeres estaban tan atrapadas en el debate que no hicieron mucho más que asentir cuando ella se disculpó y corrió hacia atrás. Agachándose por la puerta, no tuvo tiempo de preguntarle a su compañero qué estaba haciendo antes de que él la aplastara contra la pared.

«Tenía que verte», dijo, levantando sus brazos para que quedaran sujetos sobre su cabeza y presionando su cuerpo contra el de ella.

El pulso de Ella se aceleró cuando él le acarició el cuello con la cabeza, su aliento cálido y su barba áspera le provocaron un escalofrío de excitación por la espalda. «¿Estás loco?».

Sacudió la cabeza mientras le murmuraba al oído: «Ningún guerrero de la Fuerza Infernal puede estar loco. Nos vigilan en busca de signos de trastorno».

Ella casi se rió. «Me refiero a venir aquí cuando me reúno en una sala llena de Novias Tributo».

Dakar se echó hacia atrás, sus ojos verde azulado brillaron con intensidad. «¿No te gusta pensar que están en la habitación de al lado?». Mantuvo una mano apretada sobre sus muñecas mientras movía la otra hacia abajo para tomar uno de sus senos, acariciando su pezón a través de la tela de su camisa abotonada. «Cualquiera de ellas podría regresar aquí y ver lo que te estoy haciendo».

El calor palpitó entre sus piernas y ella se arqueó hacia él. «¿Qué me estás haciendo?».

La besó profundamente, su lengua separó sus labios y acarició los suyos antes de emitir un gruñido dominante, girándola para que quedara frente a la pared de ladrillos expuestos.

Con una mano, desabrochó hábilmente la parte delantera de sus ajustados pantalones negros por detrás y los bajó por debajo de sus caderas. Inclinándose para que su cuerpo quedara pegado al de ella, le susurró al oído. «Estoy tomando lo que es mío».

Ella podía sentir su dura longitud y hundió su trasero en él. «¿Crees que esto es tuyo?».

«Mmmmm». La agarró por las caderas y le levantó el trasero, luego frotó su palma sobre una nalga. «Tus pechos perfectos, este culo redondo». Le dio una fuerte nalgada. «Sé que lo es».

Se mordió el labio inferior para no gritar. Por suerte, las mujeres de la habitación de al lado hablaban en voz alta y no habían oído el choque de carne contra carne. Escuchar sus voces y saber que estaban a solo unos pasos de distancia encendió un calor líquido entre sus piernas.

Dakar dio un fuerte tirón a sus bragas de encaje, empujándolas hacia un lado antes de bajarse los pantalones y arrastrar la coronilla de su polla a través de sus pliegues calientes. «Todo mío».

Antes de que ella pudiera decirle lo arrogante que era, él la había penetrado con un solo y fuerte empujón, manteniéndose profundamente.

Ella extendió las manos sobre el áspero ladrillo para mantenerse erguida y se le cortó el aliento. La necesidad la atravesó mientras se balanceaba hacia él, inclinándose hacia adelante y levantando su trasero más alto.

«Te gusta esto, ¿no?». Sus palabras fueron un ronroneo oscuro cuando se inclinó hacia adelante y le mordió la oreja. «Te encanta llevar mi polla donde cualquiera pueda vernos».

Él la acarició de nuevo y ella se tragó el grito, sus caderas se movieron con él, necesitando más.

«Dime que te gusta», susurró, empujándola. «Que quieres que vean lo apretada que estás alrededor de mi polla».

La excitación casi hizo que sus rodillas se doblaran, sus palabras desesperadas le provocaron escalofríos por la espalda. Sabía que a ella le gustaba la idea de ser observada, la emoción de casi ser atrapada con su enorme polla golpeándola con tanta fuerza que apenas podía respirar. Después de haber sido una buena chica toda su vida, le gustaba sentirse traviesa. La idea de ser atrapada hizo que su corazón latiera con fuerza y su respiración se acelerara.

Él pasó una mano alrededor de su cintura, sus dedos rápidamente encontraron su clítoris y lo rodearon mientras acariciaba dentro y fuera. «Dímelo, Ella».

«Me gusta», jadeó, las sensaciones la invadieron y eliminaron todo pensamiento racional. A ella no le importaba nada más que la sensación de su gruesa polla dentro de ella y sus dedos acariciándola, mientras ella se tambaleaba al borde.

«Lo sé, *cinnara*. Te encanta que te folle así». Le dio otra nalgada antes de profundizar aún más. «Te encanta ser una chica mala que necesita ser castigada».

Sus palabras la estremecieron. Ella se resistió contra él mientras su cuerpo se agitaba alrededor de su pene, apretándola una y otra vez mientras echaba la cabeza hacia atrás. Podía sentirlo apuñalando, sus manos yendo a sus caderas mientras empujaba con fuerza. Pulsaciones calientes la llenaron cuando él se corrió, y finalmente ambos dejaron de moverse, aunque él se mantuvo cómodo dentro de ella, con su polla todavía dura y temblando.

Ella estabilizó su respiración y nuevamente notó las voces en la otra habitación. «¿Cómo se supone que ahora vaya a hablar de Santa Claus y los elfos?».

Dakar le dio un beso en la nuca y la nalgueó una vez más. «¿Quién dijo que estaba listo para dejarte ir?».

CAPÍTULO
SIETE

«¿Le importaría explicarse, jovencita?».

Shreya tragó saliva cuando entró al estudio y todas las Novias Tributo se volvieron a verla. Rápidamente encontró la fuente de la voz y vio a Ella salir del fondo de la habitación, metiéndose la camisa. Sabía que su amiga estaba vacilando, pero su rostro aún se calentó.

«Lo siento para todas. Tuve que pasar por el laboratorio».

«¿Sigues trabajando allí?», preguntó True, dando palmaditas en la silla vacía a su lado. «Pensé que su proyecto terminaría una vez que rescataran a Vox».

Shreya se pasó una mano por su espeso cabello y se lo apartó del hombro mientras se sentaba. «Todavía sigo revisándolo para detectar cualquier anomalía o mutación genética que pueda ser el resultado del empalme de su ADN por parte de los kronock».

«Suena excitante», dijo Mandy con un guiño.

El rostro de Shreya se sonrojó. Todavía no estaba acostumbrada a las burlas que parecían ser habituales con las Novias Tributo. Supuso que no debería avergonzarse. No era como si ella fuera la única humana que se enamorara de un enorme extraterrestre. Todas habían tomado Parejas drexianos, cada uno más hermoso y construido que el anterior.

Sin embargo, ella había sido la única llevada a un burdel alienígena. Esa información probablemente no era un secreto en la estación, ni tampoco lo era la forma en que estaba vestida cuando la trajeron de regreso. Su corazón latió un poco más rápido cuando pensó en el vestido diáfano y diminuto que llevaba cuando Ella y los drexianos la encontraron. Y se le secó la boca cuando recordó que Vox la había vestido mientras estaba atada a una cruz en X. Después de eso, no debería avergonzarse de nada, aunque todavía se sonrojaba fácilmente.

«Debe ser emocionante», dijo una mujer de cabello negro y liso, evaluándola con una sonrisa.

«Dale un respiro a la pobre chica, Bridge». La pelirroja se inclinó y la saludó con la mano. «Soy Katie. Mi esposo también pasó por algunas cosas con los kronock y tuvo una cirugía bastante difícil. Si alguna vez necesitas hablar, estoy aquí».

«Gracias». Los hombros de Shreya se relajaron. Ya había conocido a la mayoría de las tributo antes, pero se alegró de recordar sus nombres. Su mirada escaneó al grupo.

A Ella y a True las conocía, ya que eran independientes como ella; a Mandy la había conocido cuando Vox estaba en la enfermería; supuso que Trista era la que llevaba el overol, ya que había oído que a la mujer le gustaba jugar con las naves espaciales drexianas; y eso significaba que la chica a la que Katie llamaba Bridge debía ser Bridget, la tributo que había sido secuestrada en la estación por los kronock y rescatada por su ahora Pareja.

«No te he visto mucho desde que te mudaste con Vox al ala de oficiales», dijo True. «¿Cómo estás?».

Shreya no pudo evitar sonreír. «Bien».

«¿Cómo es estar con un extraterrestre que es en parte ciborg?», preguntó Bridget. «¿Mejoraron algo más que su ojo?».

Mandy golpeó la pierna de la otra mujer. «Eres terrible».

«¿Qué?», Bridget se encogió de hombros. «Estoy segura de que todas teníamos curiosidad».

«Solo el ojo», dijo Shreya, contenta de que sus mejillas no volvieran a arder. «Aunque incluso eso fue eliminado. Solo queda una astilla de metal a lo largo de su sien».

«Ahora que hemos resuelto eso», dijo Mandy, «¿podemos volver a la fiesta?».

«Espero que no hayan empezado sin nosotros», la voz del gatazoide llegó desde la puerta mientras él y Reina entraban apresuradamente, las botas de plataforma de Serge resonaban en el duro suelo, mientras la alta vexling se apresuraba a su lado.

«Pensé que no involucraríamos a Serge hasta el final», murmuró Katie, su mirada recorriendo el círculo de mujeres.

Trista dio un suspiro de resignación. «Es imposible ocultarle nada».

«Tal vez la fiesta lo distraiga del hecho de que sigo posponiendo la planificación de la boda», dijo Ella, en voz baja.

«Difícilmente, cariño», dijo Serge cuando llegó a ellas, dirigiendo su mirada hacia Ella y luego desviándola. «Simplemente lo estoy dejando pasar porque tengo mucho que hacer entre esta fiesta y prepararme para todas las nuevas Novias Tributo, que están por llegar».

«Prometo que Dakar y yo nos concentraremos en ello pronto», dijo Ella.

Serge le agitó una mano. «Hablar no cocina el arroz».

Shreya había oído que al diminuto alienígena le gustaba usar expresiones coloridas de la Tierra. Se llevó los dedos a la boca para evitar reírse.

Ella puso los ojos en blanco. «Prometo que fijaré una fecha».

Serge hizo un ruido en el fondo de su garganta que indicaba que claramente no le creía, pero se volvió hacia Shreya con una amplia sonrisa. «¿Y cómo está mi otra novia independiente hoy?».

Reina juntó sus huesudas manos. «Es muy emocionante tener Parejas independientes. Esta es la primera vez, ¿sabes?».

«Pero no tiene por qué ser la última». Serge dejó caer su mirada sobre True, quien se removió en su silla.

«¿Estamos aquí para planear una fiesta o un emparejamiento?», Mandy dijo, alzando la voz.

«He hablado con Vivan de adquisiciones». Las mejillas gris pálidas de Reina de repente parecieron más rosadas de lo habitual. «Él nos ayudará a conseguir cualquier artículo que podamos necesitar de la Tierra».

Mandy inclinó la cabeza hacia la vexling. «¿Vivan?».

Reina dejó escapar una serie de risitas nerviosas. «Es un compañero vexling del mismo pueblo que mi familia».

Bridget se inclinó hacia adelante y apoyó los codos en las rodillas. «¿No me digas?»

«Contrólate, Reina». Serge dejó escapar un resoplido de impaciencia mientras miraba al alienígena claramente nervioso. «No tenemos tiempo para tu tonto enamoramiento».

«Un momento», dijo Katie. «Quiero saber más sobre este Vivan».

«¿Tiene esto que ver con tu vida anterior como reportera?», preguntó Serge, las raíces de su cabello violeta lentamente se volvieron rosadas.

«En realidad era más un paparazzo, pero aprecio el aumento de estatus», Katie volvió a centrar su atención en Reina. «¿Cuál es la historia con Vivan?».

«Nada», dijo Reina, evitando la mirada de Serge. «Es muy útil cuando necesito artículos especiales para mis novias».

Las mujeres intercambiaron miradas y asentimientos de complicidad.

«Ahora, si terminamos con eso, ¿podemos volver a la fiesta?», Serge sacó una tableta de debajo del brazo y sus dedos bailaron por la superficie. «He investigado un poco sobre la comida navideña. Debo admitir que es un poco extraño. El texto que encontré no menciona lo que hay en '*Who-pudín*', y tengo miedo de preguntar sobre la '*bestia rostizada*'».

Las mujeres lo miraron fijamente.

«¿Obtuviste toda tu información de "*¿Cómo el Grinch robó la Navidad?*"», preguntó Katie.

[Nota de la T.: '*Who-pudín*', *Serge se refiere a los "Whos", criaturas de "Whoville", de la historia del Grinch, que a todo llamaban anteponiendo la palabra "Who". La "bestia rostizada" era por el Roast-beef, que Serge entendió mal.*]

Serge se irguió en toda su altura, lo que significaba que todavía estaba a la altura de los ojos de las mujeres sentadas. «Nuestro departamento de Investigación y Desarrollo dijo que era el libro de referencia más popular sobre la festividad».

«Creo que hemos determinado que ese departamento necesita actualizar sus investigaciones», dijo Mandy. «Estaba pensando que podríamos hacer todos los bocadillos para la fiesta. Cosas que sean fáciles de comer mientras la gente, y los alienígenas, conviven».

«Mini quiche, brie horneado, una bola de queso, cerdos en mantas», añadió Bridget.

Reina inhaló bruscamente, aunque sus mejillas habían vuelto a su tono pálido normal. «¿Comen cerdos en mantas?».

«Qué salvaje y extraño», dijo Serge, sacudiendo la cabeza. «Y las humanas piensan que la idea de los alienígenas es una locura».

«No son cerdos de verdad», dijo True. «Son salchichas envueltas, como lo perros calientes o hot-dogs».

«¿Perros? ¡Peor aún!», dijo Reina, tambaleándose hacia una silla vacía. «Creo que necesito sentarme».

«¿Por qué no consigo recetas para dárselas a los chefs?»,

Mandy dijo. «De todos modos, la parte más importante serán las bebidas. Queremos mucha sidra burbujeante y tal vez caliente».

«Y ponche de huevo», añadió Trista, frotándose el estómago mientras Reina ponía cara de horror.

Shreya no había crecido celebrando la Navidad, pero siempre le habían gustado las festividades. Podía prescindir de la locura de la temporada de calabazas y especias y nunca había vivido en Estados Unidos para celebrar el Día de Acción de Gracias, pero le encantaba la sidra caliente de manzana y el olor a canela que parecía llenar el aire en diciembre. «Y galletas. Muchas galletas navideñas», añadió.

«Sí», True le sonrió. «Tal vez podríamos tener una estación para decorar galletas».

«Me encanta la idea», dijo Mandy, aplaudiendo.

«¿Podremos cantar villancicos en algún momento?», preguntó Bridget. «Después de que todos se sienten en el regazo de mi marido y les digan lo que quieren, claro».

Los grandes ojos de Reina se abrieron como platos. «Ay, querida».

Trista le dio unas palmaditas en la pierna. «Kax va a hacer el Santa Claus y es una tradición que la gente se siente en su regazo».

La expresión de Reina se relajó. «Los humanos tienen tradiciones muy interesantes».

«Así que tenemos comida navideña, sidra caliente, decoración de galletas, villancicos, Santa Claus», dijo Mandy, con la mirada fija en Katie. «¿Algo especial que quieras en la fiesta?».

Katie negó con la cabeza rápidamente. «No. Eso debería cubrir todo».

Shreya se preguntó si Katie tampoco habría celebrado la Navidad. Sabía que no todos en Estados Unidos la festejaban. Sintió que su dispositivo de comunicación vibraba en su bolsillo, lo sacó y miró la lectura. Los latidos de su corazón se aceleraron y se puso de pie rápidamente. «Regresaré enseguida».

Salió corriendo del estudio y se detuvo cuando llegó a la reluciente pasarela de piedra del paseo marítimo. Mirando a su alrededor, recorrió el área en busca de señales de Vox. Había dicho que estaba afuera y que era importante. ¿Estaba experimentando efectos secundarios de la cirugía que le quitó el implante cibernético? ¿Estaba teniendo más dolores en su cabeza?

Ella gritó cuando sintió unos brazos fuertes rodear su cintura desde atrás. Se giró para mirarlo. «¿Estás bien?».

Bajó la boca hasta su cuello y la besó suavemente. «Lo estoy ahora».

Ella se volvió hacia él. «No me digas que me sacaste de una reunión para darme un beso».

Sacudió lentamente la cabeza. «No solo un beso». Él capturó su boca con la suya antes de que ella pudiera protestar, sus labios cálidos y suaves se movían contra los de ella.

Shreya se dejó hundir en el beso, gimiendo cuando él separó sus labios con un fuerte movimiento de su lengua y profundizó el beso. Sus brazos instintivamente rodearon su cuello, mientras su lengua acariciaba la de ella. Cuando finalmente se apartó, ambos respiraban con dificultad y ella se sentía mareada.

«Te dejaré volver a tu reunión», dijo.

«Debería darte un rodillazo en las pelotas otra vez».

Una ceja se arqueó. «Espero que no. Esa no fue una experiencia agradable».

Pensó en sus intentos de escapar de él cuando la tenía cautiva. «Tampoco me estabas atando».

Vox le apartó un mechón de pelo de la frente. «Oh, no sé sobre eso. Creo que realmente lo disfrutaste por la forma en que reaccionó tu cuerpo».

Su rostro se calentó ante el recuerdo. «Estás rogando que te abofetee».

Inclinando la cabeza para que sus labios rozaran su oreja, susurró: «Y me estás rogando que te ate de nuevo, ¿no?».

Shreya abrió la boca para discutir, pero Vox le mordió rápidamente el lóbulo de la oreja antes de dar un paso atrás. Él le dedicó una sonrisa maliciosa, luego se giró y se alejó.

«Maldito cabrón», murmuró para sí misma, admirando la vista mientras lo veía cruzar el paseo y desaparecer en un compartimento del inclinador. Su pulso se aceleró y sus bragas estaban mojadas. Odiaba admitir que él tenía razón.

CAPÍTULO
OCHO

Una semana más tarde

Reina corrió por el pasillo hacia el paseo marítimo, con los brazos cargados de cajas y bolsas. Había pasado la semana pasada no solo trabajando con las mujeres de la Tierra para organizar la fiesta navideña, sino también tratando de decidir los regalos perfectos para todos. Ahora que la fiesta iniciaría en cuestión de horas, se sentía como un manojo de nervios. ¿La fiesta sería lo suficientemente navideña para las Novias Tributo en la estación? ¿Les gustarían los regalos que ella había seleccionado para ellas? ¿Vivan realmente vendría a la fiesta?

El último pensamiento hizo que su corazón se acelerara. Desde que el compañero vexling había llegado a la estación hacía un año, le había resultado difícil dejar de pensar en él. No estaba segura de si era la forma más ancha de su mandíbula o la cualidad luminosa de sus ojos dorados, pero siempre le había parecido uno de los machos más guapos de su especie. Las humanas podían sentirse atraídas por los voluminosos drexianos, pero ella prefería extremidades larguiruchas y cuellos largos. Reina deseó tener una mano libre para abanicarse mientras las imágenes mentales de Vivan hacían que le ardieran las mejillas.

«¡Por fin!». La voz de Serge la sacó de sus pensamientos y la devolvió a la realidad, cuando entró al paseo marítimo y lo vio encaramado en una escalera sosteniendo un megáfono digital en la boca mientras dirigía el montaje de la fiesta. «Regalos debajo del árbol, Reina. ¡Vamos, vamos! ¡No hay tiempo que perder!».

Notó a Cerise, la pequeña perogling, sosteniendo la base de la escalera de Serge, su peluca rosa rizada llegaba casi hasta el escalón superior donde Serge se tambaleaba. Cerise había llegado a la estación con Shreya, después de ayudar a la humana a escapar de un planeta particularmente peligroso. Ahora vivía en la sección de independientes de la Nave y era la sombra de Serge. Reina le había dado la bienvenida como una incorporación a su equipo porque el nervioso gatazoide ahora pasaba más tiempo dando largas instrucciones a su aprendiz y menos tiempo preocupándose en voz alta por ella.

Apresurándose hacia adelante, Reina esquivaba a los gatazoides que colocaban elaboradas bandejas de comida en mesas largas, y un neebix, con cuernos marrones y pantalones ajustados, empujaba carros levitantes de cristalería hacia los bares. Sin una mano libre, solo podía inclinar la cabeza hacia Mandy, que estaba de pie junto a Ella, evaluando el imponente árbol que se elevaba varios pisos en el aire y estaba envuelto en guirnaldas de cintas rojas y brillantes bolas doradas. Montones de cajas envueltas de colores ya rodeaban la base del árbol, y Reina metió su montón de regalos con el resto.

«¿No es asombroso?», preguntó Mandy, caminando hacia Reina en la base del árbol de Navidad. «Ella tuvo que instalar emisores holográficos especiales en el paseo marítimo para poder crear un árbol de este tamaño».

Reina sabía que había sido imposible traer un árbol vivo desde la Tierra, para consternación de las humanas. A los drexianos no solo no les gustaba la idea de rastrear y talar un árbol en la Tierra, sino que sus naves de transporte no eran lo suficientemente grandes como para traer un árbol puntiagudo de nueve metros de altura. Afortunadamente, Ella tenía la suficiente habilidad con la programación holográfica como para crear una versión convincente. Incluso olía a pino. O al menos, eso fue lo que le dijeron, para explicar el olor penetrante que le hacía temblar la nariz.

«¿Son todos los árboles de Navidad de la Tierra así de grandes?», preguntó, inclinando la cabeza hacia atrás para ver la estrella en la parte superior.

Mandy se rió. «Ni de cerca. La mayoría de los árboles tienen que caber en las salas de estar de las personas, por lo que miden entre metro y medio y dos de altura. Ella se excedió en este».

Reina escaneó el espacio al aire libre. Las tiendas que bordeaban la pasarela estaban cerradas, y las mesas de café que normalmente se agrupaban fuera de ellas ahora estaban cubiertas con telas verdes relucientes y coronadas con arreglos de flores rojas. Los árboles en macetas habían sido cubiertos con guirnaldas brillantes, e incluso la fuente central había sido adornada, el querubín que se elevaba desde el centro ahora llevaba una corona roja y verde alrededor de su cuello. Aunque Reina no tenía ninguna conexión personal con la Navidad que tanto amaban los humanos, tenía que admitir que la decoración hacía que todo pareciera más festivo y alegre.

«¿Buscas a Vivan?», Mandy preguntó, con voz furtiva.

Reina parpadeó un par de veces. No lo había hecho, pero la mención de su nombre hizo que su corazón se acelerara. «¿Vivan?».

Mandy le dio un codazo. «Vamos, Reina. Es obvio que te gusta el chico. Cada vez que lo mencionábamos durante la semana pasada, tu cara hacía exactamente lo que está haciendo ahora».

Reina presionó sus dedos contra sus mejillas. «¿Qué está haciendo?».

«Bueno, para empezar, tiene color. Eso es inusual. Y tus pupilas están dilatadas. No sé acerca de los vexlings, pero en los humanos esa es una señal importante».

Reina sacudió rápidamente la cabeza. «Vivan y yo somos viejos amigos de la familia. Eso es todo».

Mandy levantó una ceja. «¿Se les permite tener citas a los vexlings en la estación?».

«Sí, supongo». No había ninguna norma que lo prohibiera, aunque había muchos menos vexlings machos que hembras. Dado que su planeta había sido casi destruido, su especie tenía menos machos en general.

«Bien», Mandy le apretó el brazo. «Odiaría que fuéramos nosotras la causa de que te metieras en problemas».

Reina se llevó los dedos a la garganta. «¿Por qué me meterían en problemas?».

«La Navidad es una época de familia, unión y amor. No es que mis Navidades cuando era niña fueran así, pero así es como se supone que debe ser». Mandy se pasó una mano por el vientre y sonrió. «Tal vez sea porque estoy locamente enamorada, o tal vez sean las hormonas del embarazo, pero quiero que todos sean tan felices como yo. Y aunque se trata de una estación espacial alienígena, quiero que esta sea la mejor Navidad de todas. Para todo el mundo».

Reina miró a la Novia Tributo. Parecía brillar de felicidad, pero no estaba segura de lo que la mujer estaba diciendo.

«Como dicen en *"Realmente Amor"*, que, por cierto, es la mejor película navideña de todos los tiempos», continuó

Mandy, «si no puedes decirlo en Navidad, ¿cuándo podrás decirlo?».

«¿Decir qué, querida?», preguntó Reina, preguntándose si debería revisar a la tributo para ver si tenía fiebre.

«¡Que te gusta Vivan, por supuesto!», Mandy le sonrió. «Antes de que termine la fiesta, las chicas y yo nos aseguraremos de que tú también tengas un final feliz».

Reina tragó saliva, su corazón martilleaba en su pecho mientras Mandy se alejaba para hablar con Dorn. Este asunto navideño estaba resultando más complicado de lo que esperaba.

CAPÍTULO
NUEVE

Mandy le dio a Reina una última sonrisa por encima del hombro, dejándola para unirse a Dorn cerca del taller de Santa, al otro lado del enorme árbol de Navidad. Estaba de pie con su oscuro uniforme drexiano, la faja con sus reconocimientos y medallas sobre un hombro, con los brazos cruzados sobre su ancho pecho. Se quedó mirando el fondo de colores brillantes de la silla ornamentada.

Ella deslizó un brazo alrededor de su cintura. «¿Qué opinas?».

Sus hombros se relajaron mientras la rodeaba con un brazo y la comisura de su boca se movía hacia arriba. «¿Aquí es donde se sentará Kax cuando esté vestido como el hombre gordo de rojo?».

«Santa», lo corrigió Mandy, por lo que estaba segura que era la centésima vez. También estaba segura de que Dorn lo hacía a propósito todas las veces. «Y sí. La gente puede sentarse en el regazo de Santa y decir lo que quieren».

El atisbo de sonrisa de Dorn se convirtió en una amplia sonrisa. «Estoy deseando que llegue eso».

Mandy le golpeó el pecho, que era tan duro y musculoso que

supo que apenas lo había sentido. «Sé amable o haré que te conviertas en Santa».

La sonrisa desapareció. «No lo harías».

Ella le arqueó una ceja. «¿No lo haría?».

Su pareja gimió. «Eres una mujer imposible». Él la apretó con más fuerza. «Menos mal que eres mía».

«¿Oh sí?». Ella se acercó más a él. En la Tierra, se habría asustado si un chico la hubiera llamado "suya", pero ahora le encantaba cuando Dorn la reclamaba. Sabía que los drexianos se apareaban de por vida, y la idea de que este guerrero sexy, fornido y pateador de traseros no quisiera a nadie más que a ella hacía que se le acelerara el pulso. Puede que le hubiera costado un tiempo acostumbrarse a la idea de estar emparejada con un extraterrestre, especialmente un alfa que estaba acostumbrado a salirse con la suya, como Dorn, pero ahora no podía imaginar nada mejor que él llamándola suya.

Él asintió, pasando una mano por el pelo oscuro y desgreñado que se rizaba alrededor de su nuca. «Necesitas a alguien que pueda mantenerte bajo control». Movió su otra mano hacia la curva de su trasero, dándole una nalgada con fuerza.

El núcleo de Mandy se calentó. Nunca antes había sido alguien que aceptara órdenes o se alineara fácilmente, pero le encantaba cuando su Pareja se ponía dominante. La hacía sentir delicada y femenina en comparación con su enorme corpulencia... y su enorme todo. Frotando una mano sobre su pecho, la dejó flotar unos centímetros hacia el sur y sintió su impresionante longitud endurecerse contra su cadera. «¿Qué estabas diciendo sobre el control?».

«Descarada», dijo, su voz era un ronroneo bajo.

«¿Interrumpo?». La voz del hermano de Dorn hizo que ambos levantaran la vista.

Kax aún no se había puesto su traje de Santa. También vestía su uniforme militar drexiano, pero mientras que Dorn tenía el pelo largo y la cara cubierta de pelo, su hermano llevaba el pelo corto y apenas tenía barba de un día en las mejillas. Si ambos no tuvieran ojos de un tono idéntico de verde intenso, habría sido difícil saber que estaban relacionados.

«Por supuesto que no», Dorn se enderezó, pero no soltó el brazo que rodeaba su cintura. «Simplemente estaba inspeccionando tu trono, hermano mayor».

Kax puso los ojos en blanco. «No sé cómo mi pareja me convenció de esto».

Mandy pensó en el cuerpo ágil de su mejor amiga Bridget y en sus tonificadas piernas de bailarina. Podía adivinar con bastante facilidad cómo había sido engañado. «Será grandioso. A todos les encantará».

Kax gruñó, luego se volvió hacia Dorn y se acercó. «Quería hablar contigo antes de la fiesta».

Dorn debió haber notado el tono solemne que había adoptado su hermano. La sonrisa burlona desapareció de su rostro. «¿Qué pasa?».

Kax miró a su alrededor antes de continuar. «Teníamos razón sobre los kronock. No están contentos de que les hayamos quitado al ciborg híbrido».

Dorn pasó de un pie al otro. «Le dedicaron mucho tiempo y, por lo que dijo Vox, fue clave en su plan de invadir la Tierra. Estoy seguro de que fue un gran golpe».

Un vexling con un montón de guirnaldas doradas se apresuraba tarareando, *"Todo lo que deseo para esta Navidad"*, y Mandy se hizo a un lado para que él pudiera pasar.

Kax esperó hasta que el esbelto alienígena estuvo a varios metros de distancia. «Algunos de mis informantes han avisado de un aumento de la actividad de los kronock».

«¿Qué tipo de actividad?», preguntó Dorn.

«Parece que están aumentando la producción de sus nuevas naves acorazadas».

Dorn frunció el ceño. «¿Las que tienen tecnología de salto?».

Kax asintió. «Cortesía de nuestros traidores drexianos. Mis espías también informan sobre conversaciones de un ataque importante».

«*Grek*», dijo Dorn, murmurando la maldición en voz baja.

Mandy levantó una mano. «Espera un segundo. ¿Significa esto que seguirán atacando la Tierra, aunque hayan rescatado a Vox?».

«No lo sabemos», admitió Kax. «No tenemos a nadie dentro del Imperio Kronock, por lo que todo esto son rumores de alienígenas que hacen negocios con ellos. Por suerte para nosotros, a los kronock les gusta presumir».

La boca de Mandy se secó. Había visto a los kronock, de cerca y en persona. Si ella pensaba que los drexianos eran rudos, los kronock eran aterradores y despiadados. Después de sobrevivir a un ataque de ellos, y casi perder a Dorn, no tenía ningún deseo de experimentar más encuentros con los escamosos monstruos alienígenas. Solo pensar en sus extremidades con garras y escamas grises la hacía estremecerse.

Dorn le dio un pequeño apretón. «No te preocupes, *cinnara*. No dejaremos que destruyan tu mundo natal».

Mandy lo miró y le devolvió el apretón. Le encantaba cuando él usaba el término cariñoso drexiano. «Sé que no lo harán», miró a Kax. «¿Deberíamos seguir adelante con la fiesta?».

«Por supuesto», logró esbozar una sonrisa. «Ninguno de los informes que hemos recibido señala una amenaza inminente. Sospecho que tenemos varias rotaciones antes de que hagan un movimiento. Tengo la sensación de que todavía se están reagrupando después de perder a Vox. Les llevará algún tiempo idear otra estrategia, aunque esta puede depender menos de ciencia sofisticada y más de la fuerza bruta».

Dorn dejó escapar un suspiro. «Ésa es su fuerza».

Mandy miró de un hermano al otro. «Pero las cosas acaban de volver a la normalidad. Hace poco llegó un nuevo grupo de Novias Tributo, según me contó Serge. ¿Significa esto que todo eso se detendrá nuevamente?».

Las cejas de Kax se juntaron. «Al menos por un tiempo. Ya hablé con el capitán Varden. Pondrá las defensas de la estación en alerta máxima y aumentará nuestras patrullas de cazas. Cuando vengan, estaremos listos».

Dorn asintió bruscamente a su hermano.

Mandy se mordió el labio inferior y miró a su alrededor, observando los preparativos de la fiesta. Se sentía extraño estar celebrando, cuando un enemigo feroz podría estar haciendo planes para destruir la Tierra y a ellos. Por otra parte, ¿de qué servía sobrevivir si no podías disfrutar un poco de la vida? Se pasó una mano por su tenso vientre. Se negó a permitir la posibilidad de que algo malo arruinara su felicidad. Ser secuestrada, llevada a La Nave y emparejada con Dorn le había dado una segunda oportunidad en la vida, una vida feliz, y no iba a permitir que un montón de horribles kronock arruinaran eso. Al menos no hoy.

Respiró hondo. «Voy a ir a buscar a Bridge. Creo que estaba recogiendo tu traje de Santa con Monti y Randi».

Kax le dedicó una débil sonrisa. «No estoy seguro de creer que son peores noticias que el movimiento kronock».

«Ja, ja». Ella le dio una palmada en el brazo en broma. «Al menos, te distraerá de las cosas».

Dorn se balanceó sobre sus talones. «Sé que no podré pensar en nada más».

Kax entrecerró los ojos hacia su hermano y luego desvió la mirada hacia Mandy. «¿Este Santa no reparte también trozos de carbón? ¿Alguna vez utiliza este carbón como arma con proyectiles?».

«No», Mandy se rió. «Se supone que Santa debe hacer feliz a la gente. No lastimarlos».

«Qué lástima», refunfuñó Kax.

Mandy le dio una palmada en el trasero a su pareja mientras ella se alejaba, señalando con el dedo a ambos hombres. «Es Navidad. Eso significa que es la temporada para estar alegre. No se hablará más de invasión extraterrestre hasta después de las vacaciones».

Eso era algo que nunca creyó que diría, pensó Mandy, mientras dejaba a ambos hombres luciendo muy fuera de lugar en medio de la alegre decoración y las luces parpadeantes. Mientras se dirigía al salón de novias donde habían encargado crear el traje de Santa, esperaba que su deseo de Navidad se hiciera realidad. ¿Era demasiado esperar la paz en la Tierra cuando sabía sobre los kronock?

CAPÍTULO
DIEZ

Bridget miró el traje rojo y blanco que el par de diseñadores de vestimenta alienígena sostenían para su inspección. Se sentó en una de las sillas blancas con capitoné de la ornamentada tienda, el candil de cristal brillaba en lo alto y enviaba prismas de luz que rebotaban en el alto techo. Las paredes de la tienda que no estaban revestidas con espejos estaban cubiertas de trajes colgados: montículos de tela blanca y esponjosa que salían de las perchas. Los drexianos habían hecho un trabajo admirable al hacer que el salón nupcial pareciera como se vería en la Tierra, aparte de la plataforma que levitaba donde las novias podían mirarse a sí mismas desde todos los ángulos mientras giraba en el aire.

Las únicas cosas que no eran femeninas ni con volantes en la tienda eran el par de extraterrestres parados frente a ella con chaquetas negras Nehru que les llegaban hasta debajo de las rodillas. No sabía qué especies eran Monti y Randi, pero parecían sorprendentemente humanoides, excepto por su cabello metálico, uno lo llevaba dorado y el otro plateado, y el hecho de que nunca parpadeaban. Por supuesto, no tenía idea de qué otros rasgos alienígenas podrían estar ocultando bajo sus chaquetas largas y pantalones ajustados: ¿una cola corta, una columna vertebral puntiaguda, branquias? Apartó ese pensamiento de su mente y tomó un pequeño sorbo de su bebida, estremeciéndose por el sabor.

Habían insistido en darle un vaso de champán, a pesar de que ya no era una novia comprando un vestido, y la bebida alienígena rosa literalmente burbujeaba mientras ella sostenía la copa de cristal en una mano. Por lo general, le encantaba la versión alienígena del champán, pero hoy el aroma afrutado le revolvía el estómago. El estrés de la planificación de la fiesta debía estar afectándola, pensó.

«¿Qué opinas?», preguntó Monti, con voz alegre.

Bridget dejó el vaso en una mesa auxiliar y se pasó las palmas por la parte delantera de su vestido de cóctel verde bosque. «Los colores son perfectos».

Monti le sonrió a Randi, quien se tocó el cabello dorado y puntiagudo y le dedicó una sonrisa de gato de Cheshire.

«No estoy segura de los destellos», dijo Bridget, eligiendo sus palabras con cuidado. Sabía que los diseñadores alienígenas podían ser susceptibles a la crítica.

Randi agitó una mano hacia el borde blanco de la chaqueta roja. «Sabemos que dijiste pelaje blanco, pero parecía muy aburrido sin un poco de brillo».

La chaqueta y los pantalones rojos estaban ribeteados en hileras de pelaje blanco esponjoso, falso, esperaba ella, con una línea de cuentas de corneta que adornaban los puños esponjosos. Era difícil imaginar a su Pareja alto y musculoso usando algo tan brillante.

Monti se movió y las cuentas chocaron entre sí. O tan ruidoso.

«¿Por qué no le preguntamos al propio drexiano?», preguntó Randi, mirando más allá de ella hacia la puerta principal.

Kax se agachó ligeramente cuando entró en la tienda y una campana sonó en lo alto. Vio a Bridget y a los dos diseñadores alienígenas y se abrió paso entre elaboradas mesas de exhibición para llegar a ellos.

«Le estábamos mostrando a tu Pareja el traje de Santa», dijo Monti, con una amplia sonrisa mientras miraba al alto guerrero drexiano.

Kax miró el traje y luego miró a Bridget con una ceja arqueada. «¿Esto es lo que quieres que use?».

Ella se puso de pie y se apoyó contra él, disfrutando de su sensación sólida y del calor que emanaba de su cuerpo. «No exactamente», ella bajó la voz. «Esto es un poco más llamativo que la mayoría de los Santas. A menos que seas una *drag queen*.

Su ceja levantada se elevó aún más. «Puede que pertenezca a una de las casas de élite del Imperio Drexiano, pero no soy una reina. Aquí no tenemos realeza».

No hubo tiempo para que ella explicara las *drag queens*. Bridget se volvió hacia Monti y Randi. «El traje es perfecto, excepto que necesitamos quitar las cuentas».

El rostro de Monti decayó. «Pero esa es la mejor parte».

«Es nuestro toque de expresión creativa», dijo Randi.

Bridget se inclinó hacia los dos hombres y se llevó la mano a un lado de la boca mientras susurraba: «No creo que alguien tan rudo como Kax pueda aguantarlo».

Rápidamente miraron al imponente drexiano y luego se alejaron de nuevo.

«Puede que tengas razón», le susurró Monti.

Randi meneó la cabeza de arriba a abajo, dándole una mirada comprensiva. «Veo a que te refieres. Se necesita cierto estilo para lograr ostentación».

Monti le dio unas palmaditas en la mano. «Nosotros las quitaremos. Ustedes dos esperen aquí mismo». Y, dicho esto, la pareja se dirigió apresuradamente a la parte trasera de la tienda, arrastrando consigo el voluminoso traje rojo y blanco.

Kax la acercó y la rodeó con sus gruesos brazos. «No sé si debería agradecerte por salvarme de ese traje brillante, o si todavía debería estar molesto porque me involucraste en esto en primer lugar».

Bridget presionó sus palmas contra los duros planos de su pecho, inclinando su cabeza hacia atrás para mirarlo. «Una vez que arreglen el traje, serás el Santa Claus más sexy de este lado de Saturno».

Él se rió entre dientes y pasó un dedo por un lado de su cara. «Si tú lo dices, aunque no puedo imaginar que un elfo gordito con barba blanca sea sexy».

«Por lo general, estaría de acuerdo contigo, pero no creo que nunca haya habido un Santa tan bien construido como tú». Ella movió una mano desde su pecho hasta su estómago, sus dedos golpeando las definidas crestas de sus músculos a través de la tela oscura de su uniforme. «O uno con abdominales tan marcados».

Su ceño se arrugó. «¿Te sientes mejor que esta mañana?», le preguntó él.

Recordó los nervios que había tenido cuando se despertó y se dio cuenta de que hoy era el día de la gran fiesta. Aunque estaba acostumbrada a actuar en el escenario, la planificación de fiestas era algo completamente distinto. Entre el entusiasmo de Mandy por hacer que la estación pareciera Navidad y la excitabilidad general de Serge, definitivamente sentía mariposas.

«Mucho mejor», le aseguró. Siempre y cuando se mantuviera alejada del champán.

Él sonrió y un gruñido bajo se escapó de su garganta, y miró alrededor de la tienda vacía. «¿Cuánto tiempo crees que llevará arreglar el traje?».

Bridget le sonrió, tomándolo de la mano y llevándolo al vestidor más cercano. «Lo suficiente, tipo rudo».

El vestidor era espacioso, con una sola silla tapizada y un espejo de tres lados en ángulo alrededor del espacio abierto. Ganchos brillantes estaban atornillados a las paredes desnudas, y Bridget recordaba haberlos usado para colgar todos los vestidos que se había probado cuando planeaba su boda con Kax.

Su pulso se aceleró mientras se recordaba a sí misma que en realidad estaba casada con el hermoso alienígena, cuyas manos recorrían sus muslos mientras él la empujaba contra una de las paredes que no tenía espejos. Bridget usó su pie para cerrar la puerta del vestidor detrás de ellos.

«Me gusta tu vestido», dijo, mientras besaba su cuello y pasaba las manos por debajo de la falda corta y acampanada. Sus dedos encontraron el mechón de encaje que era su tanga. «Pero esto me gusta aún más».

El aliento de Bridget se quedó atrapado en su garganta cuando sus dedos se deslizaron por debajo de la tira de encaje, recorriendo la curva de su trasero hasta la resbaladiza entre sus muslos. Solo necesitó el toque más suave de su miembro para mojarla, y ella sintió una oleada de calor entre sus piernas mientras sus dedos la provocaban.

Levantando la cara, Kax apretó su boca contra la de ella, su beso fue duro y necesitado. Sus gemidos fueron tragados cuando su lengua profundizó y el deseo la atravesó. Su toque se sintió caliente en su carne, y ella instintivamente se arqueó hacia él, saboreando la sensación de su dureza.

Moviéndose con desesperada rapidez, le desabrochó los pantalones y se los bajó de manera que cayeron al suelo. Él gimió, profundizando su beso mientras ella lo acariciaba a través de los ajustados calzoncillos que apenas podían contener su hinchada longitud. Deslizando sus dedos debajo de la tela, liberó su polla y envolvió una mano alrededor del eje, sin que sus dedos alcanzaran todo el contorno.

Retrocediendo, se encontró con su mirada fundida. «Necesito probarte», dijo ella.

Sus ojos estaban entrecerrados por el deseo mientras ella lo llevaba a la silla y lo empujaba hacia abajo, arrodillándose entre sus piernas abiertas. Bridget lo miró a los ojos mientras tomaba la corona de su polla en su boca. La piel era aterciopelada y ella hizo un pequeño ruido entrecortado mientras dejaba que sus labios se deslizaran hacia abajo y lo tomaran completamente en su boca.

Kax se agarró a los brazos del sillón; dejando escapar un sonido primitivo cuando chupó con fuerza, luego tomó su eje en su garganta. Ella no podía aguantarlo todo. Su pene era demasiado largo y ella apretó la base con el puño incluso cuando sintió la corona golpear la parte posterior de su garganta.

Moviendo su boca arriba y abajo por su longitud dura como una roca, Bridget sintió el lento ardor entre sus propios muslos y el cosquilleo eléctrico a lo largo de su piel. Se sintió poderosa al escuchar sus gemidos y sentirlo arquearse debajo de ella, desesperada por tener más de su polla en su boca caliente. La excitación la recorrió y un calor líquido se enroscó en su vientre mientras chupaba con más fuerza.

Con un solo movimiento, Kax la levantó por los brazos y la puso sobre su polla, empalándola y haciéndola echar la cabeza hacia atrás y jadear. La conmoción momentánea cuando su espesor la estiró dio paso a la embriagadora sensación de estar completamente llena. Bridget nunca se había sentido tan perfectamente completa como cuando la polla de su pareja estaba profundamente enterrada en ella.

Bridget encontró su mirada, sus ojos verdes oscuros e intensos, y las venas de su cuello tensas. Sus piernas se montaron a horcajadas sobre sus muslos y él la agarró por la cintura para levantarla y bajarla.

«Tan apretada y mojada», dijo con voz áspera.

Ella se inclinó de modo que sus labios zumbaron contra el lóbulo de su oreja. «Tan grande y duro. Justo como a mí me gusta».

Un gruñido bajo fue su única respuesta, mientras la levantaba de nuevo y la hacía girar para que mirara en dirección opuesta a él. Inclinándose un poco hacia adelante, ella arqueó la espalda mientras él continuaba bombeándola hacia arriba y hacia abajo sobre su polla. El nuevo ángulo envió una sacudida a través de su cuerpo y sintió que su liberación aumentaba.

Kax deslizó sus manos más allá de su cintura para acariciar sus senos a través del vestido. Incluso a través de la tela, los pezones de Bridget estaban fruncidos hasta convertirse en puntos duros. La sensación de sus dedos rozando contra ellos la hizo gritar, queriendo más. Su respiración era irregular y su corazón se aceleraba, manteniendo el ritmo frenético de él.

Cuando él le tocó los pezones con fuerza, su cuerpo detonó, convulsionando a su alrededor. Ella gritó cuando las sensaciones la desgarraron, sintiendo que sus embestidas se volvían más urgentes mientras golpeaba con fuerza, finalmente manteniéndose cómodo mientras pulsaba caliente dentro de ella.

Bridget se hundió contra él, quitándose un mechón de pelo de la cara mientras las réplicas hacían que su cuerpo se contrajera. Su pecho subía y bajaba, su aliento era irregular y cálido en su cuello.

Deslizando sus manos hasta su vientre, acercó su rostro al de ella. «¿Hay algo que quieras decirme?».

Ella se giró ligeramente para mirarlo a los ojos. «¿Decirte?».

Él frotó una mano sobre la curva de su estómago generalmente plano. «Esto es nuevo».

Ella miró hacia abajo. Él estaba en lo correcto. Nunca antes había tenido un estómago revuelto. Ella frunció el ceño y pasó su propia mano por encima. Sabía que no había estado comiendo más de lo habitual. En realidad, últimamente no había tenido mucho apetito. Todo lo que probó le había dado ganas de vomitar. Se le secó la boca. No podía ser.

Se giró para mirar a Kax por completo. «Pensé que era imposible para nosotros quedar embarazados».

«Improbable, *cinnara*», dijo. «No imposible».

Las lágrimas le picaron en el fondo de los ojos y lo supo al instante. «Estamos embarazados».

Kax asintió, sus propios ojos brillaban mientras la atraía hacia él. Aplausos ahogados se escucharon desde fuera de la puerta del camerino.

Bridget se rió entre lágrimas de alegría. «Supongo que el traje de Santa Claus está listo».

«Tómense su tiempo, cariño», gritó uno de los diseñadores alienígenas. «Estamos muy felices por ustedes».

Kax sacudió la cabeza y se rió mientras Bridget se sentaba. «Este es el mejor regalo de Navidad que jamás podría imaginar».

«¿Compensa usar el traje?», preguntó ella, señalando la puerta.

La besó suavemente y luego le secó una lágrima del rabillo del ojo. «Definitivamente». Él colocó una gran palma sobre su vientre. «Esto, y tú, hacen que todo valga la pena».

CAPÍTULO
ONCE

Dakar se reclinó para contemplar el imponente árbol brillando con luces. «Tienes que admitirlo. Las humanas se han superado a sí mismas».

Su mejor amigo Torven gruñó en respuesta. «Todavía no entiendo el punto».

El paseo había comenzado a llenarse de gente, mientras se escuchaba música alegre en lo alto. En lugar de la música instrumental habitual que sonaba en la estación y que Ella le había asegurado que era hilarantemente anticuada, un cantante canturreaba acerca de ver a mamá besando a Santa Claus. Dakar se preguntó si estas festividades en la Tierra serían más pervertidas de lo que le habían dicho.

Serge y Cerise llevaban trajes rojo cereza a juego mientras él dirigía a los meseros vexling, mientras los neebix, con diademas de astas iluminadas, repartían cocteles rojos y verdes detrás de las barras. Un gatazoide con cabello azul conducía un carro flotante alrededor de ellos rematado con bandejas de dulces, con el embriagador aroma del azúcar tras él.

«Es una fiesta». Dakar se rió, pasando una mano por su

cabello y recogiéndolo en un moño. «Ya sabes, diversión. Beber, bailar, mujeres».

Torven lo miró fijamente. «Yo no bailo y ya tengo una mujer, como tú también».

Dakar suspiró. «Lo sé, pero eso no significa que no podamos disfrutar con nuestras Parejas». Escudriñó a la multitud buscando a Ella, y se le cortó la respiración cuando la vio cerca del árbol. A pesar de que ya había inspeccionado minuciosamente cada milímetro de su cuerpo, la vista de los rizos oscuros y salvajes de su pareja deslizándose por su espalda nunca dejaba de excitarlo. Desnuda o vestida, descubrió que era la mujer más sexy que jamás había visto.

Torven resopló de risa junto a él. «Nunca has sido bueno ocultando tus sentimientos cuando se trata de mujeres».

Dakar apartó la mirada de Ella. «¿Puedes culparme, Torv? Ella es perfecta».

Torven le dio una palmada en la espalda. «Me alegra ver que tu enamoramiento no ha disminuido. Finalmente has encontrado una mujer que puede mantener tu interés y mantenerte a raya. Hubo un tiempo en el que no pensé que eso fuera posible».

«¿Qué puedo decir? Nunca me había enamorado antes de conocer a Ella».

Torven sonrió y juntó las manos a la espalda. «Me alegro por ti, amigo mío».

«Estoy feliz por nosotros dos», dijo Dakar. «¿Quién hubiera imaginado que las cosas habrían terminado de esta manera, cuando tú y yo íbamos de camino a La Nave desde nuestro acorazado de la Fuerza Infernal?».

Torven miró los patrones iluminados de luz azul que se arremolinaban en el suelo. «Yo no».

Dakar le dio un codazo. «Hablando de nuestras medias naranjas, ¿dónde está Trista? ¿Abajo en el hangar?».

Torven le dedicó una media sonrisa. «No esta noche. Por lo

que tengo entendido, la fiesta no es opcional para ninguna de las Novias Tributo de Serge, pero ella llegara tarde por ir a cambiarse, así que me envió adelante. Dijo que, si la miraba vestirse, terminaríamos pasando toda la noche en nuestra suite».

«Eso suena correcto». Apenas había visto a su mejor amigo durante una semana completa después de la ceremonia de boda, y más de una vez, Torven había aparecido en las reuniones con la ropa desaliñada y el rostro sonrojado.

«Dorn tampoco parece tener ganas de fiesta». Torven asintió con la cabeza hacia su ex oficial al mando de la Fuerza Infernal, quien estaba mirando su dispositivo con el ceño fruncido.

Dakar había visto al drexiano acurrucado en una intensa conversación con su hermano esa misma tarde, y esperaba que no fuera nada serio. No había pasado mucho tiempo desde que arrebataron a Vox del control de los kronock, y sabía que en algún momento habría represalias por parte de su enemigo. Esperaba por el bien de los humanos que no fuera esta noche.

«¿Por qué no pasas tiempo con tu pareja mientras hablo con Dorn?», le dijo Torven.

«¿Seguro?», Dakar preferiría robar unos momentos a solas con Ella, que hablar de batalla y estrategia militar con dos guerreros bruscos, pero no quería descuidar su deber.

Torven dio un paso atrás. «Si hay algo que debas saber, te lo diré».

Dakar observó al enorme drexiano separarse de la multitud en su camino hacia Dorn, antes de girarse y dirigirse hacia Ella, que estaba parada en la base del imponente árbol con su amiga True, sosteniendo una tableta con una mano y golpeando la superficie con la otra. Tuvo que empujar a través de grupos de guerreros drexianos no emparejados mientras hablaban y miraban torpemente a su alrededor, y parejas drexianashumanas emparejadas en varias etapas de abrazos. Cuando vio a un drexiano darle a su novia una palmada juguetona en el trasero, Dakar se preguntó cuántas bebidas había tomado el guerrero.

Se acercó a Ella y la rodeó con sus brazos. «No pensé que se permitiera trabajar en la fiesta».

Ella le dio un codazo en el estómago mientras se daba la vuelta. «¿Qué demonios...? Ay, lo siento, cariño. No sabía que eras tú».

«¿Quién más podría ser?», Dakar se frotó las costillas.

True se llevó una mano a la boca, claramente para reprimir una risa. «Eres valiente al acercarte sigilosamente a ella cuando está trabajando. Ella entra en 'Zona Ella' y se olvida de que existe alguien más».

Dakar la había visto antes en esa zona, así que sabía de qué estaba hablando la rubia.

Ella le tocó el abdomen con una mano, con expresión de disculpa. «Fue instinto. ¿Te lastimé?».

Aunque le *había* dolido, Dakar negó con la cabeza. «Por supuesto que no». Él la rodeó con un brazo y la acercó. «¿Hay alguna posibilidad de que puedas tomarte un descanso y disfrutar de la fiesta?».

True asintió. «Eso es exactamente lo que estaba diciéndole. Todo es perfecto, así que debería relajarse».

«Hasta ahora», dijo Ella. «No sé si los fuegos artificiales holográficos y la nieve realmente funcionarán. Nunca he instalado una pantalla holográfica como esta fuera de una de las holocubiertas o de las holosuites».

True puso una mano en el brazo de su amiga. «Funcionará. Eres una genio cuando se trata de diseño holográfico».

«Estoy de acuerdo». Dakar se inclinó, le apartó una masa de rizos del hombro y la besó en el cuello.

Ella logró esbozar una sonrisa y se recargó en Dakar. «Ustedes no son imparciales».

«¿Solo porque creaste al hombre perfecto para mi simulación de holocubierta?», dijo True, girando un mechón de cabello alrededor de un dedo. «Sí, más o menos. Si puedes hacer eso, puedes hacer cualquier cosa».

Ella inclinó la cabeza hacia True. «¿Hombre perfecto?».

«Justo las personas que estaba buscando», dijo Mandy, interrumpiendo la conversación mientras se apresuraba con Reina a su lado. «¿Alguno de ustedes ha visto a Bridget?».

Dakar intentó no mirar boquiabierto a la alta vexling que estaba junto a Mandy. Llevaba un vestido negro ceñido y tacones con correas que se entrecruzaban sobre sus delgadas y desnudas piernas. Su mechón de cabello azul había sido rizado y llevaba un intenso colorete en sus mejillas grises y generalmente pálidas.

«Yo no», dijo Ella, mirando también a la vexling. «Guau, Reina. Te ves...».

«Increíble», True terminó la frase de Ella por ella. «Me encanta ese vestido».

Mandy tuvo que levantar la mano para poner una mano en el hombro de Reina. «¿No se ve genial? Antes, me permitió darle un cambio de imagen».

Ambas mujeres sonrieron y Dakar logró cerrar la boca.

«Busqué a Bridget en el salón de novias, pero Monti y Randi insistieron en que ella no estaba allí». Mandy se mordió el labio inferior. «Esperaba que Santa ya saliera».

«Estoy seguro de que Kax se está vistiendo», dijo Dakar. Había oído que habían engañado al exmiembro del Alto Mando para que se vistiera con un disfraz para la fiesta. Ella le había explicado el concepto de Santa, pero aún así lo encontraba extraño. ¿Cómo podían los humanos creer *esa* historia y no pensar que había vida fuera de su planeta? Ella le había dicho que solo los niños creían en él, pero Santa y el Ratón de los Dientes le hicieron cuestionar seriamente a la humanidad. ¿Un roedor que colecciona dientes? Eso era salvajismo, si le preguntaban.

Reina miró fácilmente por encima de las cabezas de las mujeres, claramente buscando a alguien. Dakar conocía a las mujeres lo suficientemente bien como para saber que la vexling quería seducir a alguien. Se preguntó quién sería.

«Si ves a alguno de ellos, avísame, ¿quieres?», pidió Mandy.

«Espero que disfrutes de la fiesta», dijo True. «Después de todo el arduo trabajo que hiciste».

Mandy dejó escapar un largo suspiro y se tocó el vientre. «Lo disfrutaría más si pudiera tomar un coctel, pero *no* confío en esa potente bebida alienígena. Un sorbo de whisky Nooviano y mi bebé podría tener extremidades extra. ¿Sabes que incluso una sola bebida puede dañar al feto?».

Dakar sabía que la Pareja de Dorn trabajaba en la enfermería, por lo que no le sorprendían sus conocimientos médicos. Pensó que su evaluación de las bebidas, especialmente las que se servían en la fiesta, era acertada. Vislumbró a un guerrero drexiano con una humana de cabello pálido besándolo, con ambas piernas alrededor de su cintura. Otra mujer humana estaba mirando a un drexiano no emparejado, su lengua lamía su labio superior y lo hacía gruñir. Miró a los meseros neebix, alienígenas traviesos conocidos por ser guapos y cachondos. Estaría dispuesto a apostar todos los créditos que tenía a su nombre a que las bebidas especiales navideñas contenían el Tónico de Placer Palaxiano.

Los ojos de True se agrandaron. «Eso es extraño».

Dakar giró la cabeza para seguir su mirada y vio la espalda del capitán Varden mientras hablaba con Dorn y Torven. «¿Qué?».

True negó con la cabeza. «Nada. Me pareció ver a alguien, pero es imposible».

Mandy contuvo el aliento. «Ahí están y salen del salón nupcial. Sabía que Monti y Randi me estaban mintiendo».

Dakar se giró ligeramente para ver a Bridget caminando de la mano de un hombre de hombros anchos que vestía pantalones rojos y una chaqueta roja ribeteada de piel blanca y ceñida con un cinturón ancho y negro. Aunque tenía una barba postiza y un sombrero rojo, Dakar supo que era Kax.

«¿No te alegra que no te haya inscrito para eso?», Ella le susurró.

«Te amo incluso más que antes, si eso es posible».

Mandy aplaudió. «Ahora, realmente ya es Navidad». Tomó la mano de la vexling. «Vamos, Reina. Todavía tenemos que encontrar a tu chico y ponerlos a ambos bajo el muérdago».

Reina les dio a todos una mirada desesperada mientras desaparecía entre la multitud con Mandy.

«¿Qué es el muérdago?», Dakar le preguntó a Ella.

«Una planta que la gente cuelga sobre las puertas en Navidad. Si te encuentras con alguien debajo de este, se supone que debes besarlo».

«¿En serio?», le acarició el cuello, inhalando el dulce aroma de su cabello. «¿Dónde puedo conseguir un poco de ese muérdago? Tengo bastantes lugares donde me gustaría colgarlo en nuestra suite».

Ella se giró, capturando su boca y dándole un fuerte beso. «Como si alguna vez hubieras necesitado muérdago».

CAPÍTULO
DOCE

Torven se balanceó sobre sus talones mientras se frotaba el suave diente de craktow que colgaba en el hueco de su garganta. Sentir la superficie fría y las crestas familiares lo calmó, y ahora le vendría bien un poco de tranquilidad. «¿Estos informes provienen de la Fuerza Infernal?».

Dorn asintió brevemente y miró al capitán Varden, que se había unido al grupo para encontrarlos y darles más noticias de la incursión enemiga.

«Una nave de guerra de la Fuerza Infernal fue destruida», dijo Varden, con sus propias manos entrelazadas detrás de su espalda y sus ojos azul oscuro brillando con furia controlada. «La mayoría de los guerreros pudieron abandonar la nave antes de que estallara, pero sufrimos bajas».

La mano libre de Torven se cerró en un puño a su lado y la bilis le subió a la garganta. Como miembro de la fuerza de combate más elitista, y más despiadada del Imperio Drexiano, había estado en innumerables batallas contra los kronock, y nunca las brutales criaturas los habían superado. No así. La idea lo enfureció y lo aterrorizó al mismo tiempo. «¿Dónde están los kronock ahora?».

Los músculos de la mandíbula de Varden se tensaron. Se pasó una mano por el cabello canoso de la sien. «Se alejaron a través de un salto, pero creo que el ataque contra la Fuerza Infernal fue un intento de debilitar nuestras defensas antes de un ataque mayor».

«¿A la Tierra?», preguntó Dorn, su voz era un estruendo asesino. «*Grek*. ¿Es este el precursor de un intento de invasión?»,

Habían pasado décadas desde que los kronock habían atacado el planeta, principalmente porque los drexianos habían estado custodiando la Tierra y protegiéndola de los violentos alienígenas. Hasta ahora, la tecnología drexiana había sido muy superior a las capacidades de su enemigo. Pero después de que un traidor drexiano hubiera dado sus secretos y tecnología a los kronock, los bandos ya no eran tan desiguales. Las criaturas que Torven siempre había considerado unos brutos tontos también se habían desarrollado y evolucionado, modificando su propia biología para convertirse en enemigos muy temibles. Todo, al parecer, con el propósito de derrotar a los drexianos y finalmente apoderarse de la Tierra.

«¿Qué hacemos?», preguntó Torven, luchando contra el impulso de salir corriendo del paseo y subir a una nave de guerra.

«He aumentado las patrullas de cazas de la estación», dijo el capitán. «También agregué algunos guerreros para monitorear sensores de largo alcance. La Fuerza Infernal está dirigiendo la mitad de su flota hacia nosotros. Ahora que los kronock tienen tecnología de salto, tener a nuestros guerreros más duros tan lejos no tiene sentido. Pero principalmente, nos mantendremos en observación».

«De acuerdo», Dorn dejó escapar un suspiro prolongado.

«Lo que no podemos hacer es entrar en pánico. Es posible que el enemigo haya hecho esto para enviarnos a luchar y sacarnos de aquí. Necesitamos mantener el orden y la rutina».

Es más fácil decirlo que hacerlo, pensó Torven. Frunció el ceño cuando un grupo de Novias Tributo risueñas pasaron junto a ellos, sosteniendo bebidas rojas burbujeantes. «Estamos teniendo una fiesta cuando el enemigo podría estar preparándose para atacar».

Varden le puso una mano en el brazo. «Hay algo que decir a favor de la celebración, incluso si no entiendo estas extrañas costumbres humanas. Especialmente siendo posible que nos enfrentaremos a batallas largas. Créanme, deben llevar su felicidad hasta donde puedan encontrarla».

Torven sabía que el capitán tenía razón. Él y sus compañeros guerreros de la Fuerza Infernal eran expertos en jugar duro y luchar duro. Era la única manera de mantenerse cuerdo cuando tu vida estaba constantemente en riesgo.

«Los mantendré informados», dijo Varden, sus ojos captaron algo sobre la cabeza de Torven y se abrieron mientras sus palabras se desvanecían. «Parece que algunas de las humanas independientes también están aquí».

Torven se giró para seguir su mirada, pero la única independiente que vio fue a True, amiga de Ella, de pie cerca de Dakar y Ella en la base del árbol gigante. Se preguntó cómo había reconocido el capitán a la tímida rubia, o por qué parecía sorprendido. Quizás la vexling con un maquillaje llamativo que Mandy estaba impulsando entre la multitud lo sobresaltó. Los rizos azules y salvajes sobre su cabeza eran deslumbrantes.

Cuando la atención de Torven se desvió de las humanas y la vexling, vio a Trista saliendo del inclinador junto a Katie. Aunque consideraba atractiva a su compañera con el atuendo informal que ella prefería, e incluso con el overol que usaba mientras trabajaba en la cubierta del hangar, a Torven se le secó la boca cuando vio el vestido que llevaba. Dorado y brillante, la tela colgaba de finos hilos sobre sus hombros y bajaba para exponer la parte superior de su escote. La mayor parte de sus piernas también estaban desnudas, ya que el vestido terminaba hasta la mitad del muslo. El cabello rubio y ondulado que normalmente dejaba caer alrededor de su cara estaba recogido sobre su cuello, con solo unos pocos mechones tenues escapando de los lados.

«¿Torven?», le preguntó Dorn. «¿Estás bien? Dejaste de respirar».

Aclarándose la garganta, intentó apartar la mirada de su Pareja, pero fracasó. Ella lo había visto y caminaba hacia él, y verla moverse con el vestido que parecía oro líquido hizo que toda la sangre de su cuerpo corriera hacia el sur.

«Creo que deberíamos dejar que nuestro hermano drexiano disfrute de las festividades», dijo Varden, con diversión rebosante en su voz.

Torven apenas se dio cuenta de que los dos hombres se alejaban mientras Trista se abría paso entre la multitud. Cuando llegó hasta él, tenía las mejillas sonrojadas.

«Te ves...». Acortó la distancia entre ellos y colocó una mano en la cadera de ella.

Ella inclinó la cabeza hacia atrás para mirarlo a los ojos, los suyos azules brillaban. «Gracias, grandulón».

«Hola, Torven», dijo Katie, riendo mientras se quedaba junto a ellos.

Él saltó, sorprendido al darse cuenta de que la amiga de su Pareja estaba con ella. Había estado tan concentrado en Trista que no había notado a la pelirroja con el vestido verde esmeralda caminando a su lado. «Mis disculpas». Se volvió hacia ella y le hizo una rápida reverencia. «Es agradable verte de nuevo».

Ella sonrió. «A ti también». Katie estiró la cabeza para mirar alrededor de la fiesta y dijo: «Los dejaré a ustedes dos e intentaré encontrar a Zayn. Normalmente odia las multitudes, pero me prometió que estaría aquí».

Torven le hizo otra reverencia mientras le guiñaba un ojo a Trista y luego se fundía entre la multitud. Volvió su atención a su Pareja. «Nunca te había visto con algo tan... brillante».

El color de sus mejillas se hizo más intenso. «Mandy y Bridget me convencieron. Dijeron que tenía que llevar un vestido para la fiesta de Navidad». Ella pasó una mano por su frente. «¿Es demasiado?».

La acercó más y tragó saliva mientras miraba la curvatura de su escote que asomaba por la parte superior del vestido. «No, es perfecto. Eres perfecta».

Ella lo empujó juguetonamente. «No soy perfecta».

«Lo eres para mí». Su polla palpitaba mientras pasaba una mano por su cadera e imaginaba deslizando la suave y brillante tela sobre su redondo trasero. «¿Cuánto tiempo tenemos que permanecer en esta fiesta, de todos modos?».

«Acabo de llegar», dijo Trista, fingiendo sonar indignada. «Y Katie tardó una eternidad en arreglarme el pelo, así que no me arrastrarás de regreso a nuestra suite tan pronto. Además, Mandy no me perdonaría si salgo antes de tiempo».

Torven gimió, reajustándose mientras su polla se tensaba en sus pantalones. «Esto me matará si no te desnudo pronto».

Trista negó con la cabeza, pero él sabía que a ella le encantaba cuando él le decía cuánto la deseaba. «Estoy segura de que sobrevivirás un poco más. Pensé que se suponía que los chicos de la Fuerza Infernal eran los guerreros más duros y rudos de la galaxia».

Él inclinó la cabeza cerca de su oreja. «A menos que se trate de enterrar mi polla dentro de ti. Entonces estaré completamente a merced de tu pequeña y apretada...».

«¡Torv!». Ella se echó hacia atrás, con los ojos tan redondos como la boca abierta.

Vio los contornos nítidos de sus pezones a través de la tela de su vestido y fue todo lo que pudo hacer para no tocarlos a través del oro brillante. «¿Estás segura de que no podemos escaparnos?».

Trista lo miró por encima del hombro. «Bueno, es una fiesta navideña y es una especie de fiesta navideña de la oficina, ya que todos ustedes trabajan juntos».

«¿Qué es una fiesta navideña de la oficina?».

«Honestamente, nunca he estado en una, pero son famosas en la Tierra por ser súper aburridas o por ser el momento en que la gente se emborracha demasiado y hace cosas realmente estúpidas».

Él inclinó la cabeza hacia ella. «Eso no suena agradable».

Ella tomó su mano entre las suyas. «A menos que lo realmente estúpido sea hacerlo en medio de la fiesta».

«¿Con 'hacerlo' quieres decir...?».

Trista asintió mientras se ponía de puntillas para mirar por encima de la multitud. «Debe haber un lugar cercano al que podamos escabullirnos sin abandonar la fiesta».

Su corazón martilleaba en su pecho mientras ella lo jalaba a través de la multitud de personas que ahora llenaban el paseo. Seguramente todos a su alrededor podían oírlo, aunque la conversación y las risas se habían convertido en un fuerte zumbido.

Evitaron a Kax sentado en una silla de gran tamaño con su traje de Santa Claus, luciendo torturado, mientras esquivaban entre pares entrelazados de guerreros drexianos y Novias Tributo, sí como de grupos de extraterrestres que trabajaban en la estación, vexlings, gatazoides, allurianos, antes de bordear la base del imponente árbol. Torven sabía que era holográfico, pero las ramas espinosas parecían reales cuando rozaban su brazo. Cuando Trista llegó atrás, metiéndolos entre las ramas y la pared, se detuvo.

«Nadie puede vernos aquí».

Torven no mencionó que el árbol espinoso le presionaba la espalda. A él no le importaba, siempre y cuando para ella no fuera importante que estuvieran a solo unos pasos de cientos de asistentes a la fiesta. Tomando sus pechos entre sus manos, le frotó los pezones y estos se apretaron en puntos aún más duros.

Ella se arqueó hacia él y gimió, el ruido afortunadamente era ahogado por la música navideña. Le quitó los tirantes de los hombros del vestido y se lo bajó con un fuerte tirón, exponiendo sus senos llenos.

Ella jadeó, sus ojos azules se oscurecieron mientras fijaba su mirada en la de él. «Te gusta ser un chico malo, ¿no?».

«Solo contigo». La giró para que sus manos quedaran extendidas en la pared, extendiendo la mano para pellizcar un pezón mientras deslizaba su vestido sobre su trasero con la otra mano. Dudó cuando no encontró bragas.

Ella giró la cabeza para mirarlo, con una sonrisa maliciosa en su rostro. «Vengo preparada, estilo comando».

«¿Comando?». ¿Qué tenía que ver el término militar con que ella estuviera desnuda debajo del vestido?

«Significa que no estoy usando ropa interior». Se mojó el labio inferior con la lengua. «Fácil acceso».

Torven pensó que su polla podría explotar, toda capacidad de pensar desapareció cuando su Pareja movió su trasero debajo de su mano. Él gruñó mientras metía un dedo entre sus muslos, su polla palpitaba al sentir su humedad. «Estás tan mojada para mí. ¿Te excita ir comando?».

Su única respuesta fue un gemido.

Apretó un pecho suavemente mientras jugueteaba con su abertura con la yema del dedo. «Incluso estos se sienten más grandes. ¿Se pueden hinchar cuando quieres que te follen?».

«No se hinchan», dijo con la respiración entrecortada. «Se hacen más grandes si estoy esperando».

Torven se detuvo mientras procesaba la palabra y su significado. «¿Esperando?». Él la hizo girar para mirarlo y sus manos fueron instintivamente a su vientre. «¿Llevas a mi hijo?».

Trista lo miró sonriendo. «Creo que sí. La semana pasada tuve muchas náuseas y mi cuerpo está más sensible. Quería esperar hasta después de la fiesta para confirmarlo con un médico, pero estoy bastante segura».

A Torven se le hizo un nudo en la garganta y le escocieron los ojos. Después de todo lo que había sucedido, difícilmente se había permitido tener esperanzas de tener un hijo. Había sido suficiente que estuvieran juntos. Pero ahora...

Él se arrodilló y colmó de besos su suave y redondo vientre mientras ella reía.

«¿No estábamos en medio de algo?», preguntó, tocándole el hombro. «No voy comando por nada, ¿sabes?».

«Aquí no». Se puso de pie, le subió el vestido y luego capturó su boca en la suya, saboreando su dulzura mientras la besaba profundamente. Su pareja nunca había sabido o sentido tan bien, y estaba casi mareado cuando finalmente se alejó.

Trista también parecía aturdida, pero chilló cuando él la tomó en sus brazos. «¿Qué estás haciendo?».

«Llevar a la madre de mi hijo a nuestra suite», dijo, saliendo de detrás del árbol y entre la multitud que se separaba. «Y tomarme mi tiempo».

CAPÍTULO
TRECE

Zayn se apoyó contra la pared en un callejón entre la panadería y la librería, disfrutando el hecho de que todos los demás estaban tan preocupados, bebiendo cocteles coloridos y probando la comida en las distintas estaciones instaladas a lo largo del pasillo, que no notaron que estaba oculto en el pasillo poco iluminado.

Él lo prefería así. Desde que había escapado de la captura de los kronock, los ruidos fuertes y las multitudes lo molestaban. Pasó un dedo por las cicatrices que le cortaban los antebrazos, un recordatorio de la tortura que había soportado mientras estaba en manos enemigas. Al menos ya no estaba en una celda húmeda, sin nada que esperar más que dolor y culpa. Bueno, la culpa todavía la tenía, pero estaba disminuyendo. Gracias a Katie.

Inspeccionó el espacio abarrotado, buscando a su pareja. Por lo general, era fácil de detectar, su masa de rizos rubio rojizo la hacía visible en cualquier reunión. Se había preparado para la fiesta con Trista, por lo que no estaba seguro de qué se pondría. Por supuesto, a él le gustaba todo lo que ella usaba, aunque prefería que no llevara nada. Su pulso se aceleró al pensar en ella tendida en su cama, con sus rizos salvajes desparramándose sobre las sábanas.

«¿Hay espacio para dos?».

Zayn levantó la cabeza para ver a Vox, el drexiano recientemente rescatado que se había convertido en un ciborg híbrido kronock. El único rastro de la terrible experiencia del guerrero era un delgado arco de acero alrededor de una sien.

Dando un paso atrás, agitó un brazo hacia el estrecho callejón. «Por favor».

«Necesito un descanso de las miradas curiosas», dijo Vox, apoyándose contra la otra pared y tomando un sorbo de su bebida roja y burbujeante. «Pensé que si alguien lo entendería, serías tú».

Zayn soltó una risita oscura. «Sé lo que es que toda una estación te mire como si fueras una bomba andante. Por supuesto, en mi caso, llegó a ser parcialmente cierto».

«¿Cuánto tiempo te llevó volver a ser plenamente aceptado como drexiano?».

«Dale tiempo. Solo han pasado un par de semanas». Zayn pasó de un pie al otro. «Hay días en los que creo que nunca volveré a sentirme como antes, pero tal vez eso no sea del todo malo. En mi vida anterior, no tuve una pareja humana».

Vox asintió. «Podría haberme vuelto loco si no hubiera sido por Shreya».

«Por lo que he oído, estarías muerto si no hubiera sido por ella».

«Eso también es cierto». Vox miró hacia la fiesta y tomó otro gran trago de su vaso. «¿Dónde está tu Novia Tributo?».

Antes de que Zayn pudiera explicar que ella estaba en camino, vio un destello de cabello rojo entre la multitud. «Creo que acaba de llegar. Tendrás que disculparme». Inclinó la cabeza hacia el drexiano y luego dirigió sus ojos hacia la bebida del guerrero. «Ten cuidado con esos. O están hechos con Tónico de Placer Palaxiano o todos en la fiesta están extremadamente excitados».

Dejó a Vox mirando la bebida con la boca abierta y se acercó a su Pareja, siguiendo su distintivo cabello mientras estaba junto a Trista y Torven, luego se alejó. Cuando finalmente la interceptó y deslizó una mano alrededor de su cintura, ella saltó.

«Lo siento si te asusté», dijo, sin soltarla.

«No me asustaste». La mirada cautelosa desapareció cuando ella se acercó a él. «Pensé que podrías ser uno de esos drexianos cachondos e imposibles».

«Nunca te pondrían la mano encima», dijo, lanzando una mirada sombría a los guerreros que los rodeaban.

«Tal vez no en circunstancias normales, pero aquí todos parecen bastante relajados y felices».

Ella tenía razón. Aparte de una serie de parejas emparejadas que vagaban hacia rincones oscuros, incluso los drexianos que no lo estaban, miraban a hembras solteras, humanas y no humanas, con un deseo apenas disimulado. Cuando vio al neebix detrás de las rejas antes, sospechó que podría haber un problema. A esa especie no le gustaba nada más que provocar drama, especialmente de naturaleza sexual, y se sabía que consumían mucho el Tónico de Placer Palaxiano. Él y Katie habían sido víctimas del licor que aflojaba las inhibiciones una vez, aunque sus recuerdos de esa noche hacían que su corazón latiera más rápido y se le secara la garganta.

«¿Te importa si salimos de aquí?», él preguntó.

Su frente se arrugó con preocupación. «¿Todas las personas y los alienígenas te están asustando?».

«Estoy bien, pero prefiero pasar la noche a solas contigo que ver a otros avergonzarse».

Katie se rió. «Entonces una fiesta definitivamente no es lo

tuyo». Ella deslizó su pequeña mano en la de él. «De todos modos, la Navidad no es lo mío. Vámonos de aquí».

Aunque sus palabras lo confundieron, se alegró de que ella estuviera dispuesta a irse temprano. La guió entre la multitud, esquivando a un grupo de humanas que se reían y derramaban sus bebidas en el suelo mientras hacían gestos con las manos. Serge pasó junto a ellos casi corriendo, murmurando algo sobre demasiada gente haciendo el amor junto a la puerta del jardín y dirigiéndose directamente a uno de los bares mientras señalaba con el dedo al barman de Neebix con la cola que se agitaba.

Zayn llevó a Katie con él a un inclinador abierto, soltando un suspiro cuando las puertas se cerraron y se elevó. El brillo pulsante de color lavanda y la suave música instrumental fueron un bienvenido respiro después de la música pulsante y las luces arremolinadas de la fiesta.

Cuando las puertas se abrieron de nuevo, parecían estar en un planeta completamente diferente. El sendero de madera de teca conducía a través de una sabana holográfica, las altas hierbas crujían cuando la luna brillaba sobre ellas. Aunque Zayn nunca había visto un lugar como este en la vida real, el entorno artificial ahora se sentía como en casa. Él y Katie caminaron de la mano por el sendero familiar, mirando hacia el bar al aire libre y la fogata en un camino lateral, y sus zapatos golpeaban la madera.

Zayn dudó cuando llegó a la puerta de su suite de fantasía. Esperaba que a ella le gustara la sorpresa que había planeado. Desde que su pareja mencionó que no había tenido felices Navidades cuando era niña, había estado decidido a hacer que ésta fuera diferente. Sabía que no podía ser lo mismo que estar en la Tierra, pero había trabajado tanto con Serge como con Reina, como con el contacto de Reina en la división de adquisiciones, para planificar lo que esperaba que fuera una Navidad de ensueño.

Agitando la mano sobre el panel lateral, contuvo la respiración cuando la puerta se abrió. Afortunadamente, la salida anticipada de Katie para prepararse con Trista le había dado tiempo suficiente para preparar todo, pero eso había sido durante el día. Ahora que estaba oscuro, lograba el efecto completo.

Katie inspiró profundamente y luego lo miró. «Acaso tú...?». Se tapó la boca con una mano mientras entraba. «¿Esto es para mí?».

Un árbol alto y escarchado ocupaba la mayor parte del centro de la suite, con luces multicolores colgadas a su alrededor y una estrella dorada brillante en lo alto. Bolas brillantes y carámbanos de vidrio adornaban las ramas y debajo se amontonaban regalos envueltos. A un lado del árbol había una réplica de una chimenea, con dos botas tejidas colgando de la repisa. Un plato de galletas glaseadas y dos humeantes tazas de chocolate caliente, o al menos, su versión drexiana, se encontraban en una de las mesas estilo safari existentes en la suite.

«Quería que tuvieras una Navidad especial», dijo Zayn, mirándola. «Sé que no compensará todas las malas, pero pensé que podría ser un comienzo».

«Es perfecto», susurró, con la voz quebrada. Ella lo abrazó y hundió el rostro en su pecho.

La abrazó con fuerza y solo se apartó cuando sintió que su cuerpo temblaba. «¿Estás llorando?».

«Son lágrimas de felicidad», dijo, con los ojos brillando mientras lo miraba. «Nadie ha hecho nunca algo así por mí».

Le pasó un dedo por las mejillas mojadas. «Sabes que haré cualquier cosa para hacerte feliz».

Katie volvió a rodearlo con sus brazos y lo apretó. «Es lo que siempre imaginé cuando era pequeña, pero nunca lo obtuve».

«¿En serio?». El calor se extendió por todo el pecho de Zayn mientras ella lo abrazaba, y él le acarició el cabello con una mano.

«En serio, en serio». Dio un paso atrás, caminó hacia el árbol y tocó uno de los adornos de cristal. «Mi papá siempre estaba demasiado ocupado haciendo estafas para tener tiempo para planear algo para Navidad, y siempre nos mudábamos de un lugar a otro, por lo que el día de Navidad generalmente era la cena de pavo preparado en contenedores para calentar en casa y algún regalo que le había robado a alguien. Nunca conseguíamos un árbol hasta que todos estuvieran medio muertos y en oferta, si es que entonces lo compraba. Un par de veces hice cadenas de papel, pero nunca quedaron muy bien. Nada como esto. Esto parece que podría estar en una película».

Zayn se unió a ella en el árbol, que solo medía alrededor de treinta centímetros más alto que él, aunque la estrella rozaba la parte superior del techo de la habitación. «Serge me aseguró que un árbol cubierto de nieve artificial era lo último en estilo navideño».

Katie se rió y se secó los ojos. «Es perfecto, aunque no estoy segura de cómo Serge se considera un experto en Navidad».

«Creo que Serge se considera un experto en todo». Cogió una caja envuelta debajo del árbol y se la entregó. «Algunas de estas cajas son solo para dar efecto, como dijo Serge, pero este regalo es para ti».

Parpadeó ante la caja plateada durante unos segundos, antes de caminar hasta el borde de la cama grande, con la red de tela transparente recogida hacia las esquinas, y se sentó. Quitó con cautela el lazo y luego retiró el papel. «Siempre me dije que, si recibía un regalo especial, no rompería el papel como lo hacían algunos niños. Me encantaría destaparlo, sin destruirlo».

Zayn se sentó a su lado mientras ella levantaba la tapa de la caja debajo del papel de regalo, su corazón latía rápidamente con anticipación. Nunca antes había elegido un regalo de

Navidad para alguien y deseaba desesperadamente que a ella le gustara.

«Esto es...?», ella se quedó boquiabierta ante lo que había dentro de la caja. «¡No puedo creer que me hayas comprado una cámara!».

«Sé que usabas una en la Tierra, así que le pedí a uno de nuestros oficiales de adquisiciones que trajera una en el último suministro». Él estudió su rostro. «¿Te gusta?».

«Me encanta». La sacó de la caja y le dio vueltas en sus manos. «Y es realmente fantástica».

Al ver su rostro iluminarse de alegría, Zayn se dio cuenta de que no se había sentido tan feliz en toda su vida.

Katie dejó la cámara a su lado y se subió a su regazo. «Gracias, Zayn. Esta es, por mucho, la mejor Navidad que he tenido. Y me encantó mi regalo». Lo besó lentamente, su lengua separó sus labios y jugueteó con la punta de su lengua. «Pero estar contigo es lo que hace que todo esto sea perfecto. Te amo más que cualquier cosa que puedas darme».

Apoyó su rostro en su cuello, inhalando el embriagador aroma de su piel. «Siento lo mismo, *cinnara*. No necesito nada más que a ti».

Ella salió de su regazo, se metió entre sus rodillas y le desabrochó los pantalones. Ella se humedeció los labios mientras le dedicaba una sonrisa maliciosa. «Pero aún no has recibido tu regalo de mi parte».

Zayn inclinó la cabeza hacia atrás cuando su boca encontró su polla. La Navidad era tan mágica como decían los humanos.

Capítulo
CATORCE

Shreya tomó un vaso alto del barman neebix, ignorando sus cuernos marrones que estaban sonrojados y la larga cola que se movía detrás de él. Un pequeño consejo que recibió poco después de llegar a la estación espacial y decidir unirse a las mujeres independientes fue que se mantuviera alejada de los neebix, sin importar cuán guapos y encantadores pudieran parecer. No había sido una regla difícil de seguir ya que, hasta hacía poco, rara vez había abandonado la sección independiente de La Nave, pero podía ver cómo uno podía sucumbir a sus encantos. Los juguetones alienígenas sabían que no debían tocar a las Novias Tributo, pero esa era la única regla que seguían. E incluso si no las tocaban, ciertamente disfrutaban mirándolas.

«¿Disfrutando de la fiesta?», preguntó él con una sonrisa, mientras se inclinaba sobre la barra. Entre los villancicos que sonaban desde arriba y el murmullo de las conversaciones, era difícil oír o ser oído.

Ella asintió, dándole la espalda para poner fin a la conversación y tomando un trago del coctel rojo, las dulces burbujas le hicieron cosquillas en la garganta mientras tragaba. Ella no quería darle una idea equivocada. Puede que Shreya no fuera una Novia Tributo ni estuviera oficialmente emparejada con un drexiano todavía, pero se había mudado con Vox, por lo que, en su opinión, era 100 por ciento suya. Su corazón aceleró el ritmo al pensar en el drexiano con cabello castaño chocolate y ojos verde mar. *Su* drexiano. Hablando de Vox, ¿dónde estaba?

Levantándose de puntillas, intentó ver por encima de la multitud. No era una hazaña fácil, teniendo en cuenta el hecho de que era mucho más baja que cualquier guerrero drexiano y que muchos otros alienígenas y humanas. Reconoció al guerrero drexiano Torven, con quien había trabajado para rescatar a Vox, abriéndose camino entre la multitud con Trista. Ella casi fijó su mirada dos veces a la rubia. Era la primera vez que la veía con el pelo recogido y usando vestido.

Shreya miró su propio conjunto: una falda sari larga con estampado de cachemira roja y dorada y un top choli corto y ceñido. Era su forma de combinar su herencia con la temporada navideña, aunque se sentía un poco fuera de lugar entre todos los vestidos de coctel y los conjuntos brillantes. Se había recogido el pelo espeso y oscuro de un lado y lo había dejado caer en cascada sobre el otro hombro en ondas sueltas. Estaba muy lejos de lo que usaba todos los días cuando iba al laboratorio, pero las otras mujeres habían insistido en que todas se vistieran bien para la fiesta. Tiró de la parte superior que terminaba justo debajo de su caja torácica y tomó otro gran trago. Hacía mucho tiempo que no mostraba tanta piel en público.

«Casi no te reconocí», dijo la voz aguda, llamando su atención hacia abajo.

«¡Cerise!», Shreya le sonrió al pequeño alienígena con la imponente peluca rosa y la piel azul ligeramente iridiscente. Oficialmente, ella era una perogling a la que se le había dado refugio en La Nave después de ayudar en la recuperación de Vox de los kronock. Extraoficialmente, ella era la razón por la que Shreya había escapado del planeta sin ley Lymora III.

«Me gusta esto». Cerise meneó la cabeza de arriba a abajo mientras evaluaba el sari de Shreya. «Es colorido. Te ves bien en color».

«Gracias. Te ves bien también». Aunque Cerise recientemente había empezado a asistir a Serge, y a vestirse como él, le gustaban los adornos. Su traje rojo brillante no decepcionaba, con una hilera de flecos en cada manga y una falda amplia con volantes.

«Es mi primera Navidad», dijo Cerise, con sus ojos pintados de colores llamativos muy abiertos mientras observaba los alrededores. «Escuché que este tipo Santa tiene una barba larga y blanca. Me gustan las barbas».

Shreya se inclinó para que la pequeña alienígena pudiera oírla por encima de la charla. «Santa no es más que Kax vestido con un traje especial. Y una barba postiza».

El rostro de Cerise decayó. «¡Testículos de los carpitianos!».

Shreya asumió que se trataba de una maldición perogling. Se rió y apuró el resto de su bebida, sintiendo el cálido zumbido extenderse hasta los dedos de sus pies.

Cerise se puso las manos en las caderas y suspiró. «Estos drexianos tienen poco pelo para mi gusto. Esperaba que este tipo Santa fuera mi tipo».

«Lo siento», dijo Shreya, antes de cambiar de tema. «¿Cómo van las cosas en la sección independiente?».

La sonrisa volvió al rostro de su amiga. «Excelente. Las humanas son muy amables».

Shreya aceptó una nueva bebida del barman, evitando su mirada. «¿Y trabajar con Serge?».

«Las nuevas Novias Tributo ya llegaron, pero aún están siendo procesadas en el área médica. Pronto, se nos asignarán nuestras humanas y comenzaremos a planificar sus bodas.

Serge espera que una de las nuevas novias quiera algo exagerado».

«Estoy segura de que es así», murmuró Shreya.

«Eso me recuerda», Cerise se tocó la barbilla con un dedo rechoncho. «Tú y Vox aún no han hecho muchos planes para su boda».

Shreya tomó un sorbo de su bebida. «Todavía se está adaptando a todo. Probablemente hagamos algo simple e íntimo».

«No se lo diré a Serge», dijo Cerise, y luego su expresión se iluminó. «Hablando de tu compañero cibernético...».

Shreya no corrigió a su amiga ni le recordó que Vox ya no era en parte ciborg. Las mariposas en su estómago le hacían difícil hablar, mientras observaba al drexiano de anchos hombros abrirse paso entre la multitud. Sus ojos verde mar se oscurecieron cuando la miró, su mirada se detuvo en su abdomen expuesto.

«Los veré a los dos más tarde», dijo Cerise, balanceando su falda mientras se alejaba. «De todos modos, quiero conseguir un buen lugar para la ceremonia de iluminación del árbol».

Vox no pareció notar que Cerise se deslizaba entre la multitud. Tomó la mano de Shreya y se la llevó a los labios. «Mi hermosa Pareja».

Sus mejillas se calentaron, el calor de sus labios provocó un escalofrío por su columna. «Pensé que tal vez habías decidido no venir».

Sacudió la cabeza. «¿Y dejarte sola? Nunca».

Miró alrededor de la multitud y notó algunas miradas curiosas al metal que quedaba en la cara de Vox. «No tenemos que quedarnos», le dijo ella.

Acercándose a ella para que sus cuerpos estuvieran casi al mismo nivel, le tocó el estómago desnudo con una mano. «¿Y perdernos la iluminación del árbol?».

Ella se rió. «Ni siquiera sabes qué es la iluminación de un árbol».

«Tal vez no, pero es de lo único que he oído hablar a la gente durante los últimos minutos mientras te buscaba. ¿Sabías que van a hacer nevar?».

Shreya sí lo sabía. Ella le había mostrado cómo había creado un programa holográfico para recrear la nieve en el paseo marítimo. Miró a Vox. «No me digas que estás emocionado por la nieve».

«No sé qué es», dijo. «¿Debería estar emocionado?».

«Es frío y está húmedo».

«Mmm». Él inclinó la cabeza hacia ella. «Me gusta húmedo».

El calor se acurrucó en su vientre, sensaciones eléctricas patinaban por su piel mientras él frotaba un pulgar sobre su carne desnuda. «Entonces estás de suerte».

Sus ojos brillaron y luego se dirigieron a la bebida que ella tenía en la mano. «¿Es esta la primera vez que tomas el Tónico de Placer Palaxiano?».

«¿El qué?».

«Tónico de Placer Palaxiano. Libera las inhibiciones». Él pasó una mano por su brazo. «No es que tenga ninguna cuando se trata de ti».

Ella miró su vaso. Eso explicaría por qué la punta de su dedo se sintió electrificada mientras recorría su piel. «Entonces, ¿qué me provocará?». Ella se acercó más y le arqueó una ceja. «¿Me hará querer que me folles aún más de lo que ya quiero?».

Respiró hondo. «Te hará decir cosas así».

Se llevó una mano a la boca y se rió. «Veo a que te refieres. Lo único en lo que puedo pensar es en cuánto quiero montarme en tu polla, y ni siquiera me siento traviesa diciéndolo en voz alta».

Vox se sacudió como si lo sacudiera la electricidad. «¿Te gustaría saber todo en lo que puedo pensar yo?».

Ella se frotó contra él, prácticamente ronroneando. «Espero que sea lo mismo».

«Recuerdo cuando estabas atada en Lymora III, y desearía haberte tomado en ese momento». Las palabras salieron de él mientras acariciaba con su dedo la parte inferior de su brazo desnudo. «Estabas tan indefensa, pero estabas tan mojada por mí».

Ella encontró su mirada, sus ojos brillando con deseo. Recordó cómo su cuerpo la había traicionado cuando la ataron a la estructura en cruz y lo excitada que había estado cuando él la vistió. «Quería que me follaras, pero no quería admitirlo. Se sentía tan mal desearte así».

Vox le presionó la espalda con la palma. «No pasa nada entre nosotros. Eres mía ahora».

Ella asintió, soltando un suspiro entrecortado y sintiendo su rígida longitud contra ella. «Siempre fui tuya».

Le quitó el alto cilindro de cristal de la mano y lo colocó sobre la barra. «No creo que ninguno de nosotros necesite más de esto».

Shreya se dejó llevar entre la multitud hasta un compartimiento vacío del inclinador. Cuando las puertas se cerraron y el ruido de la fiesta se ahogó, se inclinó hacia Vox. «No podremos ver la iluminación del árbol desde nuestra suite».

«No vamos a ir a nuestra suite».

Se dio cuenta de que el inclinador bajaba en lugar de subir. «Adónde...?».

Él detuvo su pregunta aplastando su boca contra la de ella, separando sus labios con un fuerte movimiento de su lengua y profundizando. Su cabeza daba vueltas cuando él la acercó más, inmovilizando sus brazos en la parte baja de su espalda y apretando su rígida longitud contra ella.

Estaba aturdida cuando las puertas inclinadoras se abrieron y él la sacó y la arrastró por un amplio y elegante pasillo. Cuando llegaron a unas puertas dobles, Vox hizo un gesto con la mano para abrirlas.

Shreya parpadeó un par de veces mientras la conducía hacia el espacio de techo alto cubierto de esteras, con sacos de boxeo blancos suspendidos en el aire. Nunca había visto esta parte de la estación, pero sospechaba que era un gimnasio para drexianos. El equipo era demasiado grande para las humanas o la mayoría de las otras especies de la estación. Inhaló el olor a humedad y sospechó que la piscina de oficiales de la que había oído hablar estaba cerca. «¿Vamos a hacer ejercicio?», preguntó ella.

Él no respondió mientras la dirigía alrededor de bancos acolchados y estantes de pesas. Cuando se pararon frente a un amplio artilugio de metal que parecía una escalera atornillada a la pared, Vox sacó una larga cuerda de una brillante guirnalda dorada de su bolsillo.

Sabía que los cocteles se le habrían subido a la cabeza, pero estaba confundida. «¿Vamos a decorar esto?».

«Cada vez que veo este estante, me imagino lo bonita que te verías atada a él». Agarrando una de sus muñecas, tiró de ella para que se pusiera de espaldas contra la escalera, luego le levantó el brazo y lo ató a una de las vigas transversales tan rápido que ella apenas tuvo tiempo de registrar lo que estaba haciendo.

«¿Qué diablos...?».

Antes de que pudiera apartar el otro brazo, él la estaba besando con fuerza mientras se lo pasaba por la cabeza. Cuando separó su boca de la de ella, estaba jadeando. «Tal como te recuerdo en Lymora III».

Entonces, como ahora, su cuerpo la traicionó cuando el calor palpitó entre sus piernas. «¿Qué pasa si alguien entra?».

«No lo harán. Todos están en la fiesta». Él desabrochó los botones que corrían por la parte delantera de su blusa.

Ella tiró de las ataduras. «Siempre podría volver a darte un rodillazo en las pelotas».

Él le sonrió, le abrió la blusa y gruñó en voz baja cuando vio las puntas tensas y oscuras de sus pezones. «No lo harás».

«Bastardo engreído», murmuró, las comisuras de su boca se arquearon.

Él capturó un pezón con su boca y ella inclinó la espalda hacia él, con los ojos en blanco. Era difícil seguir enojada con él cuando cada fibra de su ser rogaba ser tocada. No solo estaba loca por Vox, sino que el tónico de placer le hacía imposible preocuparse por nada más que las ardientes sensaciones que atravesaban su cuerpo. Ni siquiera le importaba que alguien pudiera entrar y verla atada a la pared, con sus pechos desnudos expuestos mientras su gran Pareja drexiana los chupaba. La idea de eso realmente la hizo gemir en voz alta.

Shreya estaba tan distraída por la sensación de su boca caliente e insistente tan embriagadora que apenas notó que Vox le desabrochaba la falda hasta que cayó al suelo, formando un montón de tela.

Él dio un paso atrás, sosteniéndola con el brazo extendido, tomando sus senos entre sus manos y apretando sus pezones. «Tú eres mía». Él se inclinó para que sus labios zumbaran en sus oídos. «Mía para tomarte como quiera».

Ella quiso protestar, pero sus palabras la hicieron estremecerse de placer.

Inclinándose, tiró de sus bragas a lo largo de sus piernas, arrojándolas a un lado, junto con su falda. Mientras se enderezaba, arrastró la mano por su muslo y entre sus piernas, separando sus pliegues con los dedos. «Esto es mío, ¿verdad?».

«Sí», logró susurrar.

«Abre las piernas para mí, Pareja», ordenó él, con voz cruda y dominante.

Ella dejó que sus piernas se abrieran, sus caderas moviéndose con impaciencia mientras él jugueteaba con la carne de sus muslos. Cuando encontró su clítoris, ella dejó escapar un grito y echó la cabeza hacia atrás mientras él lo masajeaba en círculos. Ella ya estaba al límite, y sus constantes caricias pronto la hicieron chocar contra él.

Con la otra mano, se bajó los pantalones y liberó su polla. «Antes, cuando te tuve atada, no te follé». Arrastró la coronilla de su polla a través de sus pliegues mientras ella temblaba. «Ahora lo haré». Su mirada se posó en sus manos atadas sobre su cabeza y ella se esforzó instintivamente contra las brillantes ataduras improvisadas. Le levantó las piernas para engancharlas alrededor de su cintura. «Puedes luchar todo lo que quieras, pero no puedes impedir que tome lo que es mío».

Con un solo y fuerte empujón, se enterró dentro de ella, sus bocas chocando con una furia primaria. Sus lenguas lucharon mientras él penetraba en ella y sus manos se clavaban en su trasero. No quería que le gustara tanto lo hacía, estar atada, dominada, pero lo hacía. La idea de estar indefensa, su cuerpo presionado con fuerza contra las barras de metal mientras él se movía fuerte y rápido entre sus piernas, envió calor pulsando a través de su cuerpo.

Sujetando sus piernas alrededor de él, Shreya apretó su agarre mientras encontraba cada embestida de su enorme polla. Envolvió sus dedos alrededor de la barra a la que estaba atada, incapaz de hacer nada más que rendirse cuando él la reclamó, su boca saqueó la de ella y su polla se alojó profundamente.

Se echó hacia atrás, con el rostro brillante por el sudor. «Tú eres mía. Lo has sido desde que te llevé a la casa de placer de Lymora III». Sus ojos recorrieron con avidez su cuerpo. «Mía para reclamar de cualquier forma que desee».

Ella encontró su mirada desafiante, incluso mientras apretaba sus piernas alrededor de su cintura, sosteniéndolo dentro de ella. «Bastardo arrogante».

Él sonrió, incluso cuando las venas de su cuello se tensaron y él la acarició. «¿Quieres que pare?».

Ella gimió y negó con la cabeza. Ella no quería que él se detuviera nunca.

«Dime lo que quieres», susurró.

Ella lo miró a los ojos y su aliento se le escapó en jadeos desesperados. «Te deseo con todas mis fuerzas».

Cuando él se volvió a enterrar y rugió, su cuerpo se venció, retorciéndose y convulsionándose mientras él pulsaba dentro de ella.

Finalmente dejó que sus piernas se hundieran. Ambos jadearon por respirar y sus ojos todavía estaban salvajes cuando la miró. Tomando un lado de su cara con su mano, la besó, esta vez lenta y suavemente.

«Qué hermosa», dijo, tocando su frente con la de ella. «Todavía no puedo creer que seas mía».

«Siempre y para siempre», dijo, respirando entrecortadamente. «¿Entonces lo llamaste tónico de placer palaxiano?».

Se echó hacia atrás, asintió y levantó una ceja mientras una gota de sudor corría por su ceño fruncido.

Ella lo apretó con las piernas. «Creo que sé lo que quiero para Navidad».

CAPÍTULO
QUINCE

«Es hora, Reina». Serge corrió hacia ella, con la diminuta perogling pisándole los talones y su peluca rosa balanceándose.

Reina lanzó una mirada por encima de las cabezas mientras se mordisqueaba la comisura de su labio inferior. «¿Es hora para qué?».

Serge puso una mano en su cadera mientras la miraba. «Para el gran evento, el gran final, el golpe de gracia». Hizo una pausa para recuperar el aliento. «La iluminación del árbol, ¿no te acuerdas?».

«Por supuesto». Presionó una mano contra su corazón. «La iluminación del árbol. Lo recuerdo».

También recordaba que era su trabajo darle la señal a Ella, ya que Reina era la única lo suficientemente alta como para ser vista por encima de toda la gente. Deseaba que su altura la ayudara a localizar a Vivan, pero había estado buscándolo toda la noche y no lo había visto ni una sola vez. Él había prometido que estaría en la fiesta.

Esperaba que él no lo hubiera olvidado. Tocando con un dedo largo su cabello y los rizos apretados en los que Mandy había insistido para la ocasión, dejó escapar un suspiro. La fiesta casi había terminado.

«¡Reina!».

«Oh, sí, por supuesto», dijo, ignorando la mirada asesina de Serge cuando vio a Ella junto a la base del enorme árbol. Captó la mirada de la mujer y le levantó el pulgar. Ella asintió y golpeó su tableta. «Todo listo».

Serge murmuró algo que Reina se alegró de no poder escuchar debido al repentino aumento de la música. Las luces del paseo se atenuaron y el árbol se apagó antes de que luces parpadeantes se encendieran en la parte inferior y giraran hasta llegar a la cima. Luego, la estrella parpadeó y de ella salieron chispas holográficas, que enviaron fuegos artificiales a lo alto del cielo, donde explotaron en estallidos estelares dorados y blancos. Sin embargo, en lugar de luz que caía de los fuegos artificiales, cayeron copos de nieve en cascada, acompañados de exclamaciones y expresiones de la multitud de abajo. Aunque desaparecía antes de tocar tierra, la nieve que caía parecía mágica mientras llenaba el aire.

«Perfecto», Serge aplaudió. «Sabía que podían hacerlo».

Reina decidió no recordarle a su compañero de trabajo que él había expresado dudas en numerosas ocasiones de que Ella pudiera lograr la hazaña holográfica en el paseo marítimo. Afortunadamente, él y Cerise se marcharon rápidamente, dejándola mirando la nieve que seguía cayendo.

«Me alegro de que no me hayas pedido que consiguiera esta nieve», escuchó ella a un lado.

Reina dejó escapar un pequeño grito y miró rápidamente para ver a Vivan parado junto a ella. «¡Estás aquí!».

Él inclinó la cabeza hacia ella. «Diría saludos del día, pero parece que ya es de noche».

«Sí, la fiesta está en pleno apogeo, como dirían las humanas y Serge». Se contuvo, esperando no sonar petulante. «¿Acabas de llegar?».

Sus grandes ojos dorados se arrugaron mientras sonreía. «Por desgracia, sí. Nuestro departamento ha estado muy ocupado con la llegada del transporte terrestre».

Reina sabía sobre el transporte. Por supuesto, el departamento de adquisiciones estaría ocupado, ya que muchos de los artículos que habían solicitado a la Tierra necesitarían ser inventariados antes de su distribución. «Al menos llegaste a la ceremonia del árbol».

Vivan echó la cabeza hacia atrás para contemplar la nieve que revoloteaba sobre ellos. «Algunas tradiciones de la Tierra son muy agradables».

«Es un pequeño planeta curioso, pero también disfruto de algunas de sus costumbres». Reina se obligó a apartar la mirada de él y mirar la nieve. «Espero que celebremos la Navidad nuevamente en la próxima rotación».

Vivan se balanceó sobre sus talones. «Eso estaría bien».

El corazón de Reina latía con fuerza mientras estaban hombro con hombro. Estaban tan cerca que podía sentir su calidez.

«Casi lo olvido», dijo, volviéndose abruptamente. «Tengo algo para ti».

Ella miró la pequeña caja roja que él sostenía en sus delgadas manos. «¿Es para una de mis Novias Tributo?».

«No, es para ti». Se aclaró la garganta. «Es lo que las humanas llaman un regalo de Navidad».

Su rostro se calentó cuando tomó la caja. No se atrevió a mirarlo por miedo a que sus mejillas estuvieran tan rojas como se sentían.

«Investigué un poco», dijo, sus palabras fueron rápidas. «Esta es una tradición humana que solo tiene lugar alrededor de Navidad».

Levantando la brillante tapa de la caja, miró dentro. «Hojas. Qué adorable».

Vivan se rió entre dientes. «Se llama muérdago».

«Muérdago», repitió Reina, arrancando el pequeño racimo verde del interior de la caja e inspeccionando las diminutas bayas blancas que se adherían a los tallos. Recordó que las humanas habían comentado algo sobre el muérdago.

Vivan tocó con cautela una de las hojas. «Quien esté debajo no puede rechazar un beso».

Reina luchó contra el impulso de agitar los dedos en su garganta. «¿Oh?». Ella lo miró y vio que sus mejillas grises estaban moteadas de rosa. «¿Debajo o cerca de él?».

Si era posible que sus mejillas ardieran más rojas, lo hicieron. «No estoy seguro. ¿Quizás ambas cosas?».

El muérdago tembló en su mano, mientras Reina miraba a su alrededor a las parejas que reían, estaban cerca y se balanceaban juntas al ritmo de la música. ¿Qué había dicho Mandy acerca de arriesgarse en Navidad?

Vivan levantó la vista del muérdago y la miró a los ojos. «¿Reina?».

La forma en que dijo su nombre, suave y urgente, hizo que le temblaran las piernas. «¿Sí, Vivan?».

A pesar de que la música y las risas se arremolinaban a su alrededor, ella no podía oír nada más que su voz baja y su respiración superficial. Cerró los ojos y se inclinó rápidamente, antes de que pudiera pensar mejor, dejando que el calor de sus labios enviara un escalofrío de placer por sus largas extremidades. Cuando volvió a abrir los ojos, Vivan le sonreía, con todo el rostro rosado y los labios colorados como una baya cheedi.

«Este es el mejor regalo de Navidad que he recibido», dijo ella, devolviéndole la sonrisa y mirando el muérdago.

Vivan se aclaró la garganta. «Me alegro de que te guste».

La yema de su dedo tocó brevemente la de ella y Reina tuvo

que recordarse a sí misma que debía respirar. Otra ovación se elevó entre la multitud cuando una segunda serie de fuegos artificiales se disparó desde lo alto del árbol. Ambos observaban en silencio.

«Esto es toda una fiesta», dijo finalmente Vivan. «Las humanas ciertamente saben cómo celebrar».

Reina se volvió hacia él. «¿Has oído hablar de la víspera de Año Nuevo?».

Él parpadeó e inclinó la cabeza hacia ella. «No lo he hecho».

Contuvo la respiración al recordar lo que Mandy le había dicho alrededor de la medianoche de la víspera de Año Nuevo, y su pulso se aceleró mientras lo miraba a los ojos. «Creo que también disfrutarás de las tradiciones de Año Nuevo».

EPÍLOGO

El Capitán Varden no pudo evitar sonreír mientras inclinaba la cabeza hacia atrás para ver los copos blancos que caían aparentemente de la nada y flotaban hacia el paseo marítimo, desapareciendo antes de llegar al suelo. Nieve, la llamaban las humanas. La versión holográfica era bonita, aunque había oído que la versión real era a la vez húmeda y fría. Este era un caso en el que sentía que la versión recreada había mejorado significativamente la realidad.

La fiesta se había reducido. La mayoría de los drexianos habían regresado a sus puestos o se habían retirado por la noche, y las parejas habían desaparecido mucho antes. Ahora los únicos rezagados eran los que estaban limpiando o tomando una última copa.

Su mirada se posó en alguien que no encajaba en ninguna de esas categorías. La bella rubia independiente estaba de pie con su amiga Ella cerca de la mesa que contenía las golosinas azucaradas que algunas humanas llamaban galletas y otras llamaban bizcochos. La humana mordisqueó una y cogió las migajas con una mano mientras reía. Aunque su vestido rojo cubría la mayor parte de ella, abrazaba sus curvas y le provocó a él reprimir un gemido.

True. Repitió su nombre mentalmente mientras la veía terminar el último bocado y luego sacudirse las manos. Era el nombre que había llenado su cabeza desde que la conoció en su simulación de playa. Había pensado en poco más que en ella desde que ella lo confundió con una creación holográfica y lo besó. El mejor beso de su vida, se recordó. Se movió incómodo mientras su polla se movía ante el recuerdo.

Quería hablar con ella, ser la razón por la que ella sonriera y riera. Deseó poder tomar una de las plantas que las humanas llamaban muérdago y usarla para robar un beso, como había visto hacer a tantas parejas esa noche. La celebración terrestre de la Navidad parecía tener muchísimo que ver con el amor, si acaso la fiesta que las Novias Tributo habían planeado fuera un indicador. Le dolía el pecho mientras miraba a True e imaginaba poder tomarla en sus brazos mientras la nieve caía sobre ellos.

No seas tonto, se dijo. Ella tiene la mitad de tu edad. Además, era una de las hembras que había elegido específicamente no tener una pareja drexiana. Si hubiera querido, podría haber elegido entre guerreros jóvenes y apuestos, pero lo había rechazado. De ninguna manera ella estaría interesada en él, incluso si se mantuviera en excelente forma. La única razón por la que lo había besado era porque estaba convencida de que él era parte del programa holográfico. El que ella había titulado "Golfo de México".

Pensaba a menudo en regresar allí para poder sentir la arena bajo sus pies y el sol en su rostro. Y, si era honesto, para poder verla de nuevo. Su imagen había llenado sus sueños con tanta frecuencia durante las últimas semanas que casi se había apresurado a acostarse cada noche, ansioso por verla. Todo un cambio con respecto a su habitual sueño irregular, normalmente interrumpido por preocupaciones sobre una invasión kronock.

Su dispositivo de comunicación vibró y lo sacó de su bolsillo, maldiciendo al ver que lo estaban convocando de regreso al puente. El sueño tendría que esperar. Le dio una última y larga mirada a True, las comisuras de su boca se movieron hacia arriba ante su costumbre de girar un mechón de cabello alrededor de un dedo mientras hablaba. Cuanto más rápido hablaba, más rápido giraba, y a él le pareció encantador.

Al dar la vuelta sobre sus talones, Varden vio que ella miraba hacia arriba. Su corazón latía con fuerza mientras se alejaba, aunque estaba casi seguro de que ella no había visto lo suficientemente bien como para reconocerlo. No disminuyó la velocidad ni miró hacia atrás cuando entró en un inclinador y se deslizó detrás de un corpulento alluriano y un alienígena con piel rosa pálida y cabello largo y plateado. Cuando las puertas se cerraron y el compartimento se elevó en el aire, soltó el aliento.

Por supuesto, era ridículo que estuviera evitando a alguien en su propia nave. ¿Pero qué diría? *¿Perdón por haber pretendido ser un holograma?* Dudaba que ella lo entendiera. No sabía si lo entendería. Todo lo que sabía era que quería que la fantasía continuara un poco más.

Cuando el inclinador finalmente se abrió en el piso superior, dio largas zancadas hacia el puente, apenas interrumpiendo el paso cuando las amplias puertas dobles se abrieron para él. Tomó un momento a sus ojos acostumbrarse al oscuro interior de la plataforma de comando, que estaba llena de consolas negras y metal elegante. Era uno de los pocos lugares a bordo de la estación espacial que no era luminoso ni aireado, y también uno de los únicos lugares donde el capitán Varden se sentía como en casa.

«Informe», dijo, buscando a su primer oficial en una consola cercana.

«Son los kronock, señor».

No había sorpresa allí. «¿Más ataques a la Fuerza Infernal?».

«Negativo». Su primer oficial se volvió bruscamente hacia él. «Hemos recibido más información de que están concentrando fuerzas».

Grek.

Ésta debía ser la invasión a la Tierra que los kronock habían estado planeando. Los acorazados no estaban realizando saltos para poder ahorrar sus reservas de energía, de eso estaba casi seguro. Solo podía esperar que el resto de la Fuerza Infernal llegara antes de que los alienígenas llegaran al planeta tecnológicamente superado.

«¿Cuánto tiempo resta para que ataquen la Tierra?», preguntó Varden, con las manos fuertemente entrelazadas detrás de él mientras se concentraba en la pantalla de visualización de arriba.

«Su objetivo no es la Tierra, señor», dijo su primer oficial con voz sombría. «Por lo que informan nuestras fuentes, su objetivo es La Nave».

~

¡Gracias por leer "CASCABELES"!

Si te gustó este romance de abducción alienígena, te encantará "ANHELADA". True no tiene ni idea de que el guapísimo hombre maduro que sigue apareciendo en su simulación holográfica es en realidad el capitán de la estación. Pero la verdad siempre sale a la luz. A veces en el peor momento.

ANHELADA está a solo un clic ahora>

"¡5 estrellas no es suficiente! Todas deberían querer tener un Varden". -Comentario en Amazon.

OTRAS OBRAS DE TANA STONE

<u>Novias tributo para los guerreros drexianos</u>

DOMADA

ROBADA

DESPROTEGIDA

RESCATADA

PROHIBIDA

ATADA

CASCABELES

ANHELADA

ACERCA DEL AUTOR

Tana Stone es una autora de novelas románticas de ciencia ficción que ama a los alienígenas sexys y a las heroínas independientes. Su superhéroe favorito es Thor (siendo Aquaman el segundo porque, bueno, Jason Momoa), su postre favorito es la tarta de limón (bueno, está bien, toda la tarta), y adora Star Wars y Star Trek, por igual. Todavía lamenta la pérdida de la serie *Firefly*.

Tiene un esposo, dos hijos adolescentes, dos perros y tres neuróticos gatos. A veces desea poder teletransportarse a una estación espacial holográfica como la de su serie "Novias Tributo" (o tal vez vacacionar en el oasis con los bárbaros del planeta de arena). :-)

¡Le encanta saber de los lectores! Envíale cualquier pregunta o comentario por correo electrónico a: tana@tanastone.com

¿Quieres pasar el rato con Tana en su grupo privado de Facebook? Únete a toda la diversión en: https://www.facebook.com/groups/tanastonestributes/

Copyright © 2023 por Broadmoor Books

Diseño de portada por Croco Designs

Traducción por Elizabeth Garay. garayliz@gmail.com

Reservados todos los derechos.

Ninguna parte de este libro puede reproducirse de ninguna forma ni por ningún medio electrónico o mecánico, incluidos los sistemas de almacenamiento y recuperación de información, sin el permiso por escrito de la autora, excepto para el uso de citas breves en una reseña del libro.

Esta es una obra de ficción. Los nombres, personajes, lugares e incidentes son producto de la imaginación de la autora o se usan de manera ficticia y no deben interpretarse como reales. Cualquier parecido con eventos, lugares, organizaciones o personas reales, vivas o muertas, es pura coincidencia.

Made in the USA
Columbia, SC
03 November 2023